Ⓢ新潮新書

五木寛之
ITSUKI Hiroyuki

生き抜くヒント

880

新潮社

生き抜くヒント……目次

【私の体験的養生法】
治すのではなく治める　8
ボート漕ぎメソッド　13
嚥下力は一日にしてならず　18
腹巻きの偉大な力　23
アンチ加齢の手段にあらず　28
ピンピンソロリがいい　33
【意外といいかも】
健康のための三種の神器　40
ため息の効用　46
コーヒーと高麗人参　51
正しく風邪を引く　56
貧乏ゆすりをドドンパで　62
転ばぬ先の杖より前に　67
【ボケたくはないけれど】
この年になって怖いもの　74
記憶力より回想力　80
歌のアルツハイマー度テスト　85
認知症を防ぐには　91
人生後年の遊びごと　96
人が世を去る適齢期は？　101

【こころの持ちよう】
貧しき食にも歴史あり 108
年をとると人間は変るか 113
再び高齢者の運転について 118
痛む脚にありがとう 123
右へ左へブレながら 128
【養生は健康法にあらず】
うまいものは体に悪い 134
健康・経済・孤独の3K 139
とかく生きることは難しい 145
ほどほどという事 150
健康法と養生の間には 156
【コロナの風に吹かれて】
うつらぬ用心　うつさぬ気くばり 164
世の中一寸先は闇 170
生き抜くヒント 175
スペイン風邪が示唆すること 180
悲しいときには悲しい歌を 185
ポストコロナの明日へ 190
コロナの風に吹かれて 195

私の体験的養生法

治すのではなく治める

私は健康法というのが好きではない。

人は生まれながらにして病人であると思ってきた。四百四病を背負って、それをだましだましながら生きていくのが人間なのだ。

病気が治《なお》る、などということはない。完治、などというのも嘘だと思う。だから「治《なお》る」という文字は「治《おさ》める」と読むのが正しい。

健康は現代人の関心の一つである。私は若い頃に『こころ・と・からだ』という本を書いたことがあった。

ある人がその題名を見て、

「現代人の不安をよく言い当てていますね。でも、もう一つ足りない」

「もう一つとは?」

「カネ、でしょう」

なるほど。カラダとココロとカネか。

これは今でも通用するテーマだ。昔はキツイ、キタナイ、キケンをまとめて3Kと言った。いまならさしずめカラダ・ココロ・カネの3Kが現代人の不安の源泉かもしれない。

私はカネとココロの2Kについては語る資格はない。しかし、ことカラダに関しては何冊も本を書いている。

ただし、それはいわゆる健康本ではない。私が健康について語るなら、百歳を過ぎてからのことだろう。

大正時代に岡田式という健康法が大ブームとなった。岡田虎二郎という人物が提唱した一種の修養的健康法で、岡田式静坐法と呼ばれた。当時は文人、財界人、政治家たちがこぞって岡田式を実践したという。中里介山、島村抱月、坪内逍遥など文人の大御所のほか、渋沢栄一や閑院宮、東伏見宮夫妻と、挙げていけばきりがない。変り種としては田中正造に橘孝三郎、郭沫若といった人などもいた。『黙移《もくい》』を書いた相馬黒光なども、熱烈なファンの一人だったらしい。

それらの人びとが一斉に岡田式から離れたのは、お家元の岡田虎二郎自身が急死したからだといわれている。享年四十九というのは、いかにもはやい。サーッと潮が引くように一大ブームは過ぎ去った。

「治す」技法にあらず

しかし、ご本人の死後も岡田式のファンは残っていた。私の父親などもその一人である。父は国漢の教師で剣道家だった。自宅で姿勢を正して坐り、目を閉じて呼吸を整える。そのうしろで子供の私も、真似をして正座して遊んでいた。小学生のくせに『菜根譚講話』を読んだりするヘンな子供だったのである。

健康法について語るなら、本人が健康でなければならない、という固定観念が私にはある。私は決して健康ではない。いま現在も加齢からくるさまざまな症状に悩んでいる。だから健康について何かを述べるのは気が引けるが、養生ならいいだろう。養生とは「治す」技法ではなく、病を「治める」工夫だからである。『病牀六尺』を書いた正岡子規が養生法を説いたとしても、なんの違和感もない。

私は毎年、年の始めに何か一つテーマをきめて勉強し、実践工夫することにしてきた。去年は「呼吸」、今年は「歩行」、来年は「睡眠」、といった具合である。

これまで試みたテーマをあげると、「転倒」「咀嚼」「嚥下《えんげ》」「視力」「排泄」「養毛」その他もろもろだ。そういえば昔は「自慰」という主題もあった。いずれも自分の体をエビデンスとして用いつつ、非科学的、非常識的な身体論をひそかに研究、実践してきたのである。

私にとってそのような養生法を研究したり実践したりすることは、勉強ではない。それは趣味であり、あくまで道楽なのだ。

誤嚥性肺炎について

「趣味は養生」

と、いつも答えてきた。道楽であるから失敗も多い。しかし間違っても自分自身の問題だ。人様に迷惑をかけなければいいではないか、というのが私の言い訳だった。

しかし、最近、そんな我流の道楽を、遊び半分に養生に関心がある同好の士に語ってもいいのではないかと考えるようになった。

「他山の石」という言葉もある。「前車の覆《くつがえ》るは後車の戒め」ともいう。それぞれ養生を楽しむ同好の士が、勝手に語りあうことも、また憂き世のうさばらしになるのかも、と思うようになったのだ。

そんなわけで、ひとつ正直な体験を書いてみようと思う。くれぐれもそれを信用なさらずに、それぞれが切磋琢磨していただきたい。

さて、このところ季節のせいかお亡くなりになるかたが多い。そのなかでも肺炎が目立つのは、全国的な最近の傾向であるようだ。

この肺炎のなかでも、かなり多数を占めるのが、「誤嚥《ごえん》性肺炎」である。

この「誤嚥」については、ずいぶん昔から関心を抱いてきた。そこで、この話をはじめる前に、読者の皆さんにちょっとしたテストをやってみていただきたいと思う。よく知られた方法である。

時計を前において、普通に坐る。体を楽にして、ゴクリと唾を飲みこむ。喉仏に指を当てて、と教える人もいるが、そのままでも一向にかまわない。時間は三十秒にする。口を閉じたままゴクリと唾を飲みこむ。私見では、五十代のかたで三十秒間に五回くらいゴクリとできれば、立派なものである。飲みこむ力、嚥下《えんげ》力というのは、生命力の根本と言っていい。

まず、この辺からはじめよう。お楽しみはこれからだ。

ボート漕ぎメソッド

　先日、金沢で嵐山光三郎さんとお会いしたとき、開口一番、

「あれ、ききますね、ボート漕ぎ」

　と言われた。

「ききますか」

「ききます、ききます。うんときく」

「と」だったか「ち」だったかはっきりしなかったが、実感がこもっていた。

「ボート漕ぎ」とは、あれである。いつかこのコラムの中で紹介したトイレでの運動のことだ。出るべきものが渋滞して困惑したとき陥りやすい対応は、りきむことである。息をつめてりきんだりするのは、絶対に避けたほうがいい。医学の専門家のかたも、これに関しては異論はおありにならないだろう。

　そのことについて以前、簡単に書いた。

その反響は驚くほど大きかった。口にこそ出さね、道ですれちがう女性たちも、みな無言でうなずき返してくださるのである。まさに国民的反響がわきおこったといってもいいだろう。『週刊新潮』もその号は売り切れ続出であった、とは、聞いていない。勝手な推測である。

しかし、世の中にはこれほど多くの人びとが同じ悩みを抱えていたのか、と感動的ですらあった。

昔は「早メシ、早グソ、芸のうち」などと言ったものである。かつての軍隊などもそうだった。明治政府はドイツにならって国民皆兵制度を導入した。そのときのキャッチフレーズに、「軍隊にはいれば白い飯を腹一杯食える」というのがあった。

炭水化物を山のように食べさせるから、出るものもモリモリ出る。しかもフラットな便器に腰をおとしてしゃがむので、坐ったとたんに迫撃砲のように実弾がとびだす。一分以上かかるようでは、兵隊として失格である。

しかし、戦後の泰平七十余年、「年寄りほど肉を食え」と励まされる時代になった。米国からも肉をもっと買えの大合唱である。

「考える人」のポーズ

国民の重大疾患ともいうべき糖尿病は炭水化物の過剰摂取による血糖値の乱高下が原因である、という説は今や一般人の常識である。流行に弱い私も、好物のカツ丼は一週に一回にとどめるようになった。

食生活の変化は、そのままトイレ生活の風景に反映する。まず放出する実弾が固くなった。色調も黒味をおびている。いちばんの変化は、水に浮かずに沈むことである。炭水化物中心の食事だと、モノは黄金色でプカプカ水に浮かぶ。バナナ大のものが一気に出る。

炭水化物をへらす問題は放出に時間がかかることだ。時には一日一回の行事が延滞したりすることがある。

「二、三日に一回でも、べつにかまいませんよ」

と、専門医のかたはおっしゃるが、顔を洗ったり、歯を磨いたりするのと同じで、なんとなく落ち着かない。といって、十分も二十分もトイレに坐っている時間はない。

そこで私が研究の結果、工夫考案したのが「ボート漕ぎ快通《かいつう》法」というやつだった。

一億総快通運動

最初のアドレスが大事なのはゴルフだけではない。便座に腰をおろして、まず前屈する。ロダンの「考える人」のポーズだ。私は床においた新聞の見出しを読むことにしている。記事を読むひまはない。見出しだけで十分である。これが第一動作。

やがて便意が訪れてきたところで、両手を前にのばして、突きだす。拳はボートのオールを握っているつもりで、軽くホールドする。

次は、ボートを漕ぐように両手をぐっと引いて、上体を思いきりうしろへそらす。顎があがらないように注意。気分はケンブリッジかオックスフォードのボートの選手のつもり。このとき下腹部に力をこめて、息は吐く。

これをゆっくり何回か繰り返すのである。いちばん大事なのは、りきまないことだ。ロー、アンド、ローと、野坂昭如の『黒の舟唄』でも口ずさめばよい。

これを何回か反復すると、アラ不思議、気持ちのいい擦過感とともに何かが排出され、一瞬にして体が軽くなるのを覚えるはずだ。

「一億総括約」ではなかった「総活躍」のスローガンより、「一億総快通」のほうが、三十数兆円といわれる社会保障費を軽減する役に立つのではあるまいか。

このところ会う人たちが口をそろえて「あれはいいですね」と言ってくれる。

「最近だした本のことかい」

と笑顔で応じると、首をふって、

「いや、例のボート漕ぎのメソッドです。あれはききます」

天《あま》が下に新しきもの無し、という。たぶんこれも先人の誰かが考案提唱した技法にちがいない。しかし「温故知新」ともいうではないか。

世の中にはさまざまな健康法、養生論がある。どれも面白いが、どれも首をかしげたい部分がある。

先人の言葉にすべて追従するのは、危険である。学ぶべきところを採って、それに自分流のやり方を加味するのが真の養生法だ。すべての人に役立つメソッドなどない。人は各人各様、遺伝子からしてちがうのだから。

高齢期をどう過ごせばいいか、困惑している人が少くない。そういうかたにおすすめするのが、趣味としての養生だ。

「導気令和」という言葉を、ふと思い出した。

嚥下力は一日にしてならず

先週は出すほうにこだわり過ぎて、嚥下《えんげ》のテーマについて考えることを忘れていた。

しかし呼吸もそうだが、世の中はすべて出すほうが先で、入れるほうが後だ。

出船入船《でふねいりふね》という。お金の貸し借りともいう。貸すほうが先で、借りるのは後だ。まず出すことから始めて、入れることを考える。

口に入れたものを飲みこむには、「嚥下力」というものが必要だ。三十秒のあいだに何口ゴクリと唾を飲みこむことができるかを試したのはそのためである。

これがやってみるとなかなか思うようにはいかない。二、三回で口の中の唾が出てこなくなって、焦ったりする。私も五回が精一杯だった。

前に犬が食物を飲みこむ様子に学んだことを書いた。首をうしろにヒョイと反らせるのがコツだと説明したが、どうやら言葉足らずだったようだ。いろんな人から、やってみたがうまくいかない、と苦情が続出した。

確かに私の説明不足だったと反省している。犬が食物を丸ごと一気に飲みこむ動作を、あらためてよく観察してみよう。大事なことは、ヒョイと首をうしろに振るだけではないということだ。

剣道をおやりになったかたは、即座におわかりだと思うが、面を打ったときに、そのまま力まかせに竹刀《しない》を振りおろしたりはしない。一瞬、すばやく引くというか、もどすというか、そんな動作がはいる。

犬が食物の塊を一気飲みするときもそうだ。後方へ頭を反らすと同時に、瞬間的にツ、と頭を振りもどす動作が加わることが見てとれるだろう。

固いものや、カプセルや、頰ばったものを飲みこむときに、軽く反動をつけて頭をうしろへ反らせるとよい、と私は書いた。しかし、それだけでは不十分だった。うしろへ反らせたあと、一瞬、軽くもどす動作が必要なのである。そのことによって口中のものは滑らかな放物線を描いて食道を通過するのである。

人間は食べなければ生きていけない。食べるとは咀嚼することだけではない。飲みこむことが重要なのだ。嚥下力を失った人の余生は長くはない。誤嚥もまた命取りである。高齢者はことにそうだ。

体を守る咳、くしゃみ

とかく栄養と運動ばかりが強調されるが、「嚥下の技法」「排泄の技法」などについてきちんと学ぶことも大事だと思う。

巨大なエンジンを積んだ高馬力、高トルクの車を、昔はマッスルカーなどと言った。しかし、筋力だけをつけても、これからの高齢化社会は生きてはいけない。これまでなおざりにされてきた体の微妙なはたらきを大事に観察し、工夫育成する必要がある。

自分でものを食べられなくなったら終り、などという。それは咀嚼力のことではない。嚥下力を失ったときに人は人生を終えるのである。

私は朝起きて、ではなかった、夕方に起床したあと、顔を洗い歯を磨いてからコップ一杯の水を飲む。そのときスムーズに気持ちよく水が喉を通るかどうかが問題だ。仕事の時間を気にして慌てて一気飲みしたりすると、ときにむせたりする。水でさえも誤嚥することがあるのだ。

そんなときにゴホン、ゴホンと咳をして脇道にそれた水を排出すればいいのだが、歳をとるとその咳をする力さえ失われてくるのだから厄介だ。咳や、くしゃみなども、また体を守る大事な力なのである。

　これは年配のかたに多いのだが、餅とかその他の柔かい食物が喉につまることがある。そんなときには周囲を気にして我慢したり、手洗いに立ったりしてはいけない。

　見栄も外聞もなく、その場で吐き出すことだ。口に入れたものを人前で吐き出すには勇気がいる。なんとかまわりに気づかれないようにと、口をおさえたり小細工をしてやり過ごそうとするのははなはだ危険である。やめたほうがよい。先輩作家で、鮨を喉につまらせて亡くなられたかたがいらしたことを思い出す。たとえキャビアを口一杯に頰ばって窒息したとしても、あまり嬉しい逝き方ではない。

　考えてみると、飲みこむ力も大事だが、吐き出す力も重要だ。嘔吐力というか、排出する力も加齢とともに衰えてくるのである。

　昔はアルコールに弱いホステスさんが、売上げのために飲んでは吐き、吐いては飲む、という苦労話などもあった。

無意識にやらない

　さて、問題はどのようにして嚥下力を高めるか、ということだろう。そのための方法は二つある、というのが私の考えだ。

一つは何かを飲みこむ時に、無意識にそれをやらないことである。いまから物を飲みこむぞ、と体にきちんと連絡しておくことだ。

重いものを中腰で持ちあげたりするときも同じである。ひょいと無造作に持ちあげようとするから腰痛になる。この位の重さのものを今から持ちあげるぞ、と体に予告した上で動作をする。飲みこむときに、物を飲みこむのだ、としっかり意識する。面倒なようだが、意識は使えば使うほど発達する。意識と動作とが分離するとミスがおきる。

人は常に意識する動物である。無意識ということはない。ほかのことに意識がそれているだけの話だ。ホステスさんのバストに気を取られていたりするから、コップの水にむせたりするのである。嚥下力は一日にしてならず。精進されんことを。

腹巻きの偉大な力

先日、寅さんについてのインタヴューを受けた。映画『男はつらいよ』の寅さんである。朝日新聞に連載中の寅さんをめぐるコラムに関して、ということで、ちょっと面食らった。

『男はつらいよ』シリーズは全部みている。主題歌を作曲した山本直純さんとは、生前、赤坂の旅館で何度か牌《パイ》をたたかわせたことがあって、その事を思い出して懐しかった。

そんな事などを皮切りに、何やらとりとめのない事を喋ったのだが、とても記事の役に立ったとは思えないインタヴューだった。

話が終ったところで、茶色の革のカバンと帽子が出てきた。聞けば映画の中で寅さんが実際に使った本物のカバンと帽子だという。

「イツキさん、ちょっとこれを持って、帽子もかぶっていただけませんか」

「えっ、写真を撮るの？」

「駄目ですか」

「そりゃ寅さんに悪いよ」

アイデアとしては面白いが、いささかお遊びが過ぎる。聞けば松竹から無理をいって借り出してきたものだそうだ。帽子を手にとって、そうか、この帽子を寅さんはかぶっていたのか、と、一瞬ふかい感慨をおぼえた。頭の奥に山本さん作曲の主題歌のメロディーが浮かんでくる。

私の話なんかより実はこっちのほうが取材の狙いだったんじゃないかと勘ぐったが、記事はちゃんとまとまっていたので安心した。

私の正直な感想を言えば、カバンや帽子もいいが、寅さんのあの腹巻きを手で触れてみたかったと思う。

じつは先月あたりから、胃の具合がなんとなく気になっていたのだ。具体的に書けばいろいろあるが、要するに正常ではない感じがあった。

原因はわかっている。犯人はストレスだ。さまざまなストレスが束になって襲ってくる。胃は特にストレスに敏感らしい。単純な胃炎も、厄介なガンも、ストレスと手をつないでやってくるという。しかし、ストレスを無くすことはできない。とりあえず不機嫌な胃を治めるしかないのだ。

真紅のマフラーを腹に

私の場合、体を治めるということは、暖めるということしか思いつかない。寝るときに、腹部を暖めるためのモノを探した。子供の頃は毛糸の腹巻きをして寝ていたことを思い出したのだ。母親が編んでくれたもので、端っこに英語のイニシャルが編みこんであった。そんなことを思い出しながらダンボールの底をあさっていると、若い頃、何かのお祝いで頂いたブランド品のマフラーが出てきた。上等品で、いかにも暖かそうだ。おまけに長い。早速、それを胴体にぐるぐる巻きにした。端をガムテープでとめると、すこぶる具合がいい。

その日から三日ほど毎晩、即製の腹巻きをして寝た。ポカポカと暖かい。ヘソの下から胃の上部まで幅広く覆っているので、胃も腸も気分がいいのだろう。

三晩ほどたったら、いつのまにか胃の違和感が嘘のように消えていた。

腹巻きの力は偉大である。昔、香具師《やし》の人たちが夏でもダボシャツの上に腹巻きをしていたのは、養生の視点もあったのではあるまいか。

月並みな話だが、体を冷やさないことは大事である。ことに高齢者はそうだ。

先日、雑誌の対談でお目にかかった中西進先生は、燃えるように鮮かな真紅のマフラーをしていらした。おん歳九十にして見事な装いである。願わくばお寝みのときに、あのマフラーをもって腹部をカバーされんことを。

このところひと雨ごとに寒さが深まってくる。風邪を引くのは、こういう季節の変り目だ。

風邪の引き方

野口晴哉《はるちか》師は、「ゴホンといったら喜べ」と書いている。

風邪と下痢は体の大掃除、という例の説である。

風邪も引けないような体になったらおしまいだ、とも言っていた。

問題はその引き方である。できれば三日ぐらいでサッと引き終えるのが理想だろう。

長びかせるのが一番いけない。では、どうすれば上手に風邪を引くことができるのか。

それは各人各様の方法を考えるしかない。自分の体を実験台にして、正しい風邪の引き方を工夫することをおすすめする。

くしゃみとか、鼻水とか、そういうのは気づいてももうおそい。

その前のゾクゾク感というか、予兆を敏感に感知するのが第一である。私の場合はビタミンCを多めに飲み、パジャマの首のうしろに携帯用のカイロを貼り、マフラーを腹に巻いて寝てしまう。

これはあくまで私の体質に合わせた対処法で、各人各様、さまざまな工夫を楽しんでいただきたい。

最近、栄養学を超えて食事の大事さがさかんに論じられている。栄養学はたぶん健康に関して一番おくれている分野だと思う。

これからは栄養士と薬剤師と医師とが、同格で手をとりあって、人びとの健康と取り組んでいく必要があるのではないだろうか。

映画のポスターを見ると、寅さんは腹巻きをズボンの内側にたくし込むのではなく、腹の上までずっぽりと巻いていることがあった。

稼業の人になりきれない寅さんのキャラクターがよく出ていると思った。

アンチ加齢の手段にあらず

人は泣きながら生まれてくる。

それは「人生という修羅の巷に自分の選択ではなく押し出されてくる赤子の、不安と恐怖の叫びなのだ」というようなことを言った文豪がいた。さもありなんと思う。人は自分の出生の条件を選択できない。生まれながらの格差というものもある。

意志を鍛えろというが、鍛えようと決意して、それをやりとげられる人間は、もともと意志の強い人間なのではないか。

などと学校で話をして、先生がたに叱られたことがあった。

「いま一番やりたいことをやれ」と子供たちに話をしたときもそうだった。最近、子供たちが言うことをきかなくなった、とＰＴＡで問題になったのだそうだ。

私がここで述べている養生法も、あくまで私個人の体験談である。他山の石、という諺をぜひ念頭において読んでいただきたい。

私は幸か不幸か、努力が嫌いな性格として生まれてきた。健康のためにやる努力も嫌いである。そこで考えついたのが「ながらトレーニング」という方法だった。

ただぼんやりとつっ立って歯を磨いているのでは芸がない。そこで片脚立ちで歯磨きをすることにした。鶴か鷺のように片脚をあげて歯ブラシを使う。慣れると鏡の前に立つと自然に片脚があがるようになってきた。

このことをどこかで書いたら、お陰で転んだという苦情がきた。高齢者が転ぶのは禁物である。あわてて、洗面台の鏡に片手をそえてやりましょうと補足した。

いきなり片脚立ちで歯ブラシを使うのはたしかに危い。指一本でもどこかに触れていればバランスを失うこともないだろう。

加齢、すなわち老化ということに対して、最近ことに関心がたかまってきた。しかし、私から見ると、血圧とかその他の数値ばかりが問題にされているような気がしてならない。

歯の配列について

老化現象というものは、もっと奥深いもので、人間存在の深部にかかわっているものではないか。

たとえば、地球に対してまっすぐに立てない。引力にそって足の裏から頭のてっぺんまでが垂直に立てないのである。直立しているつもりでも、自然にふらつく。高齢者の転倒は、このふらつきが根本の原因だ。

ある人は、「それは睾丸《こうがん》が軽くなったせいだ」と断言したが、私はそうは思わない。頭のてっぺんから地球の中心までをつらぬく太き棒のようなものの存在が、希薄になったのである。それに抗して、「片脚立ち歯磨き」を実践してきたのだが、効果はともかく、これは楽である。努力するというストレスがない。歯ブラシを持つと自然に片脚があがるのだ。最近では洗面台の鏡に手をそえなくても、ふらつかずに立てるようになった。

歯を磨きながら、今どの歯を磨いているかをイメージする。一生、毎日お世話になっているのだから、自分の歯の配列ぐらいは確認できていなければならない。ネイティヴの歯。加工した歯。挿入した歯。計何本が、どのような形で共存しているかがイメージできるようになればＯＫだ。

人間の歯の自然な耐用年数は、たぶん五十年くらいのものだろう。それをあの手この手で、だましたりすかしたりして長もちさせようというのだから、そもそもが無理な話なのである。

くり返すが私は努力が苦手である。そうなれば面白がってやるしかない。私は自分の歯の配列を、麻雀の牌《ハイ》の配列として記憶した。配牌では良かったのだが、いまはガチャガチャの手である。白《ハク》を三枚もツモってきて、あとは手にならない。目下、左上の奥歯、中《チュン》がぐらついている。

消極的なメソッド

故・筑紫哲也さんにどこかでお会いしたとき、「両方の歯で均等に物を噛むようにしたほうがいいですよ」と余計なことを言ったことがあった。「そういえば確かに」と苦笑していた表情を懐しく思い出す。

写真家の秋山庄太郎さんも、麻雀をするときには入れ歯を外して卓に向かっておられた。同じく故人となった生島治郎もそうだった。吉行淳之介さんが、「おい、麻雀のときは、ちゃんと入れ歯をはめてやってくれよ」とよく文句を言っていたことを思い出す。

歯が丈夫かそうでないかは、日常のケアだけの問題ではない。遺伝子のせいもあるだろうし、その他もろもろの条件があるはずだ。

私の知り合いの歯科医から聞いたのだが、あるとき凄い患者がきたという。生まれてこのかた歯を磨いたことが一度もないという高齢の男性だったが、まっ黄色な歯垢に埋もれたその歯に、ただの一本の不具合もなかったのだそうだ。

「おい、みんな来て見なさい！」

と、つい助手や若い歯科医を大声で呼んでしまった、とその先生は言っていた。

考えてみれば理不尽なものである。毎日、きちんと丁寧に歯の手入れをし、デンタルフロスを使い、口中の清潔に気をつかいながら虫歯になる人もいる。老眼鏡もかけずに新聞の記事を読む九十翁もいる。

養生というのは、アンチ加齢の手段ではない。不自然な老化現象を避け、自然な老化に身をゆだねる消極的なメソッドだ。おだやかなボケは癌の患者さんにとっての福音かもしれない、とある専門医のかたは言っておられた。歯はなくなっても舌は残る、と老子は語ったそうだ。

ピンピンソロリがいい

先日、さる年輩の女性のかたからお叱りを受けた。

「あなたが週刊誌に書いていた例のボート漕ぎね、あれ、ちっとも効かないじゃないの」

「え、そうですか」

「そうですかじゃないわよ。四四〇円も払って週刊誌を現金で買ったのに」

『週刊新潮』に女性の読者がいらっしゃるとは予想外だった。恐るおそるたずねてみる。

「ボート漕ぎ、って、例のあれですか」

「そうよ、便秘の話」

最近の女性がたは物の言いかたが率直である。ベンピ、とはっきり発音なさる。

「便座に坐って、まず考える人のポーズ。そして漕艇の選手がオールをこぐように、胸をそらせて両手で引く。そういう話だったわね」

「その通り」

「やってみたけど全然よ。まったく出なかったわ」

「そうですか」

「最近の若い女性は、ほとんど便秘なんだから。人を欺すようなことを書いちゃ駄目」

「男性からは共感のお便りも、何通か届いているんですけど」

「男は単純だからね」

「すみません。今後、気をつけます」

私がこのシリーズで書いていることは、ほとんどすべて私の実体験にもとづく。万人共通の真理ではないと言われればその通りだ。

Aの人に効く薬が、Bの人にも効くかといえばそうではない。人生いろいろ、便秘もいろいろである。とはいうものの、最近の若い女性がほとんど便秘だという話は気になった。そこで、仕事の打ち合わせでやってきた若い女性に、おそるおそるきいてみた。

「尾籠《びろう》な話で恐縮だけど、あなたは週に何回ぐらい――」

「うちは週一かな。最近、旦那が元気がなくて」

終りまできかず、打てば響くように返ってきた。わざわざ尾籠な話、と断っておいたのに。アレは尾籠な話かい。

まあ、そんなわけで、自分の体験を天下の公器にもっともらしく書くのはよそうと心にきめた。

一日数百歩の生活

人さまざま、といえば、先日ちょっと驚いたことがあった。古い歴史のある大きなお寺を訪れたときのことだ。門前町というか、そのお寺の近くに仏具屋さんがある。のぞいてみると、床に座布団をしいて手仕事をなさっている職人さんがいらした。数珠《じゅず》をつくっておられるのである。八十歳をとっくにこえたと思われる小柄なかただった。あまりにも端然としたたたずまいなので、遠慮がちに声をかけてみた。

「いつ頃からこのお仕事を?」

「さあ、十五、六の頃からでしょうか。あんまり昔のことで、もう忘れてしまいましたわ」

「ずっとそうして、一日中お坐りになって——」

「はあ。ご飯をいただくとき以外は朝から晩まで、一日中こうして手を動かしております」

「外を歩いたりはなさらないんですか」

「ええ。店の裏に住んでおりますから、ほとんど歩くということがありません。一生ずっと坐りっぱなしで」

「それで体調のほうは？」

「お陰さまで一度も患ったことはございません」

一日一万歩をノルマとしてがんばっていらっしゃるかたも少くない。歩くことは健康の基本である。人は下半身から衰えていくのだ。

だからふだんあまり歩く機会のない人は、それが気になるのだろう。室内で機械につかまって、籠の中のハツカネズミみたいに歩行のトレーニングにはげんでいらっしゃるかたもおられる。

一方で一日一万歩どころか数百歩しか歩かなくても、一生、元気な人もいる。

エビデンスなき道楽

私は股関節の変形症になって以来、ほとんど歩かなくなった。精々、一日三百歩か、多くても五百歩くらいしか歩いていない。一日中、机の前に坐りっぱなしで、これという運動もしない。これでは駄目だと自分でも思うが、思ったところで仕方がない。

平均寿命をはるかにこえていることを考えると、あわてることもないだろう。精々、ボート漕ぎの真似事をして、面白がって日を過ごしているのだ。

このところインタヴューで「死」について質問されることが多い。令和は超高齢社会である。いやおうなしに死について考えざるを得ないのだろう。

昔はピンピンコロリ、というのが理想だった。しかし、私はコロリは賛成ではない。雑然たる仕事部屋を眺めては、このままでは死ねない、と心の中でつぶやく。せめて一、二週間くらいの余裕がほしいというのは、贅沢だろうか。ひっそりと静かに去っていくことができれば最高である。ピンピンコロリではなくて、ピンピンソロリがいい。

最近「老衰」という死因が激増しているのだそうだ。これはいいことである。だが「老衰」という語感が今ひとつだと思う。

せめて「老逝」か「老世」ぐらいにはならないものだろうか。

勝手な話をいろいろ書いてきたが、どれも非科学的な、エビデンスのない話ばかりである。養生は一種の道楽と考えるべきだとあらためて思う。

意外といいかも

健康のための三種の神器

私たちが子供の頃、つまり昭和の戦前、戦中であるが、「三種の神器」という言葉があった。

先日、今上天皇のパレードをテレビで観ながら、若い編集者のY君がふと思い出したように、

「三種の神器、って言葉がありましたね」

と呟く。

「シンキじゃないよ。〝ジンギ〟と濁って読むんだ」

「へえ、そうですか。ジンギって言うと、三種の仁義みたいにきこえませんか？」

「そういう冗談は不敬だろう」

つい戦中派の地金がでてしまった。

私たち当時の小中学生が、少国民と呼ばれていた時代の話である。

歴代の天皇が皇位の象徴として代々受け継いできた三つの宝器のことだと、国民の誰でもが知っていた。鏡と剣と玉である。古代の神話に由来するこの三つの宝器については、さまざまな由来が伝えられている。

戦後の一時期、この言葉が流行語となった時期があった。一九五〇年代から六〇年代の復興期にかけての流行だろう。

当時のマイホームにぜひともそなえておきたい三種の宝物として、テレビ・洗濯機・冷蔵庫の三品をそう呼んだのだ。

当時はその冷蔵庫も、わざわざ電気冷蔵庫と称した。要するに一家に欠かせない重要なものとして、その三種が憧れの的だったのだ。

令和の今なら、さしずめパソコン・携帯・カード、といったところだろうか。

しかし最近では、そういう言い方はしなくなった。昭和は遠くなりにけり、である。あえてここで古風な言葉を引っぱり出すのは、私の説が古色をおびて見えるだろうと予測しての話である。

いま人々の関心の第一位は、なんだろうか。米中の貿易摩擦か。それともトランプ氏とイランの対立か。または国内のＩＲをめぐる疑惑か。

いや、それらの時事的ニュースよりも、オリンピックへの期待よりも、意識の底にわだかまっているのは健康についての不安ではあるまいか。少くとも中高年層についてはそうである。

はじめての大病院で

最近の新聞の一面広告は、ほとんど健康食品や薬品であり、深夜テレビの大半は健康器具の通販が主役である。

私は戦後七十余年間、歯医者さん以外の病院というところに行ったことがなかった。一昨年の末、はじめて大病院を訪れて、腰が抜けるほど驚いた。そこに蝟集《いしゅう》している患者の数の多さに、大きな衝撃を受けたのだ。それは難民キャンプとしか言いようのない光景だった。

恥ずかしながら世の中にはこれほど数多くの病人が存在するのだと、あらためて知ったのである。私はそのときのショックで、以来、病院に足を向けたことがない。

私の左脚の不調は日々その度合いを増してきつつある。最近ではステッキをつかなければ歩行が不安定なまでになってきた。この調子でいけば、二、三年後には車椅子のお世話になるのではあるまいか。しかし、なんとかそれ以外の方法でやりくりできないかと目下模索中といったところだ。

しかし、問題はその他の病気をどう治めていくかである。一病息災でいければ、これほど有難いことはない。

エビデンスなき経験から

先日、松本へ行ってきた。特急「あずさ」で気分は学生の感じだった。生涯学習の組織が中心になっての講演だったが、演壇に登壇するときの階段が心配だった。ふだんは手すりにつかまって登り降りしているからである。

しかし、有難いことにステージには階段がなく、スムーズに登壇できたのはラッキーだった。実はそのとき話そうと思っていたことがあり、ちゃんとメモまでしていったのだが、話の流れで話題にすることができなかった。

それが、〈健康の三種の神器〉という話である。三種の神器というのは、当然のことながら何よりも大切なこと三つ、という意味である。

私が経験的にこの年まで大切にしてきたもの、今も私の日々の暮らしを支えてくれているもの、その三つを三種の神器という古めかしい言葉にたとえたものだった。

生涯学習の催しとあれば、私と同世代の聴衆も多いのではないかと予想したのだ。しかし、信州の聴衆はきわめて知的な印象が強く、なかにはメモを取っておられるかたもいた。そのために、あまり馬鹿馬鹿しい話をするわけにもいかず、つい肝心の話題を失念してしまったのである。

ここでやっと最初の話にもどる。

私の言う〈健康のための三種の神器〉とは、

「あくび・ため息・貧乏ゆすり」

この三つのことだ。

〈あくび〉は最良の呼吸法である。体内の濁った気を一気に吐きだして、脳を活性化する。しかし私の説にエビデンスはない。経験上そうだ、としか言いようがない。

〈ため息〉は、鬱々たる気分や悲しみを払う必須の手段である。「あーあ、なんてこったい」と呟けば幾分か心も晴れる。「あーあ」と声を出して深いため息を二、三回くり返す。

〈貧乏ゆすり〉は仕事に疲れたときの不可欠の技法である。私はそれによって脚の不自由を克服しようと思っている。これが私の〈健康の三種の神器〉だ。
それぞれの効用については、改めて書こう。

ため息の効用

呼吸ということに関して、なぜか子供の頃から興味があった。学校教師だった父親が、岡田式静坐呼吸法とかいうのに凝っていたせいだろうか。ひそかに見よう見まねで、いろんなことをためしては勝手に面白がっていた。

子供仲間と、遊びで息を長く止める競争をよくやった。戦争中、あちこちに防火用の水槽があり、それに顔をつっこんで我慢するのだ。周囲で皆が声をあげてカウントする。私はいつも負け知らずだった。貧弱な体格のわりには、息を長く止めることができた。

大人になってからも、勝手にいろんな呼吸法をためしては遊んでいた。養生とか、精神統一とか、そんなご大層なものではない。自分ひとりでできる楽しみとしてやっていたのだ。

呼吸に関するいろんな本も読んだ。ブッダは呼吸についても、いろんなことを教えている。『アーナー・パーナー・サティ・スートラ』とかいう語録で、中国では『大安般守意経《だいあんぱんしゅいきょう》』と訳されているらしい。直訳すれば「呼吸の心得《こころえ》」みたいなものだろうか。

ブッダは初期の修行の時期に、さまざまな苦行を試みている。あらゆる身体的苦痛を耐え忍ぶ荒行《あらぎょう》だったが、その中に断息《だんそく》という苦行もあった。断息とは、要するに息を止めてしまうのだ。

長時間、呼吸をしないと、耳から血がふきだすという。命を失う一歩手前までやるのが苦行である。やがてブッダはその苦行に見切りをつけ、深い瞑想によって悟達する道を選ぶのだが、六年間のチャレンジが無駄だったとは私は思わない。

その断息という言葉には、なにか恐ろしいような、妖しいような不思議な魅力があった。耳から血がふきだすというのは、本当だろうか。いちど限界まで息を止める実験をためそうとしたこともあったが、もちろん途中で挫折した。求道への激しい情熱がなければ、そんなことができるわけがない。

臍下丹田を意識する

以前、漫画家の横山隆一さんから聞いた話を思いだす。

鎌倉のほうに住んでいらした横山さんは、東京に通う湘南電車の中で退屈しのぎに、どれだけ長く息を止めていられるか、あれこれ工夫されていたのだそうだ。長い時間、ずっと呼吸を止めて我慢していると、顔が真赤になってくる。

向かいの席に坐っている乗客に、「大丈夫ですか？　と、しょっちゅうきかれるんだよ」と愉快そうに笑っておられた。

ちなみに呼吸の「呼」は、吐く息である。「吸」は吸う息である。出息入息という。まず吐くのが先だ。

「サア、まず大きく吸って。ハイ、ではしっかり吐いて」

などと体操のときに指導していることもあるが、逆だろう。のこらず吐き切ってしまえば、吸う息はおのずから流れこんでくるのである。「出船入船《でふねいりふね》」とか、お金の「貸し借り」とか、まず出すほうが先なのだ。

「腹式呼吸」というのも、お腹で息を吸ったり吐いたりするように誤解している人も少くない。無駄に下腹部をふくらませたり、ひっこめたりしたところで仕方がないではないか。臍下丹田《せいかたんでん》を意識する、ということが大事なのだ。

最近、パンツやズボンをはく時に、片脚で立つとふらつくようになった。加齢の一番はっきりした現象である。そういう場合は、息を吐き、下腹部重心を意識するとなんとかなる。ただ面倒なので、つい無意識に片脚をあげて転びそうになったりするのである。

長く、ゆっくりと息を吐くことが大事だとわかっていても、つい肩で息をしてしまうのがふだんの暮らしだ。意識して息を大きく長く吐くということは、それほど簡単なことではない。息せき切って日を過ごしている自分の生活をかえりみて、つくづく情《なさけ》ないと思った。そして思わず大きなため息をついてしまった。

「そうか！」

と、なにかが頭にひらめいたのは、その時である。そうだ、ため息をつけばいいのだ、と納得したのだ。

大きな深いため息

ため息は、吐く息である。

「あーあ」

と、首をふりつつ深いため息をつく。吸う息でため息はつけない。

〽酒は涙か　溜息か
　こころのうさの　捨てどころ

などと口ずさみながら、あーあ、と大きなため息を二度、三度。

意識して吸う息を工夫するより、このほうがはるかに楽だ。自然でもある。

と、いうわけで、このところ日夜ひまさえあれば大きなため息をつきながら暮らしている。先日もエレベーターの中で、あーあ、と何度か大きなため息をついていたら、まわりの人から不審そうに注目されてしまった。

ため息のもとは、自己嫌悪と人間不信である。最近はどうにも理解しがたい世相という動機もくわわった。

しかし、ため息の効用というものは、たしかにある。人知れず弱々しくつくため息ではない。ああ、なんということだろう、と全身から深いため息をつく。

数日前、なんだか風邪をひきそうな予感がした。意識して大きなため息をついているうちに、なんとなくやり過ごすことができた。「ため息養生法」というのもありかもしれないと思う。

コーヒーと高麗人参

生きていると、厄介なことが次から次へとおこってくるものだ。

一つ片付いてほっとしていると、休む間もなく次の問題が押しよせてくる。少しも心の休まる暇がない。

さて、どうしたものかと考えていると、眠れなくなってくる。こんなとき、世間の人たちはどんなふうに身を処しておられるのだろうか。

「明日のことは明日にまかせよ」とか、「明日を思い煩うなかれ」とか、昔からさまざまな格言がある。「きょう一日」という、思い切りのいいスローガンもあった。私もそういう題の本を書いたことがある。しかし、それは「きょう一日をちゃんと生きています」という宣言ではない。

「明日は明日の風が吹く」と、きっぱり思い定めて、くよくよ考えないようにしたい、という願望である。願望というのは、ほぼ実現しないものなのだ。

「そういうときには、これを飲むといい。無闇に薬を怖がるのは、原始人と同じだ」

と、知人の医師がなにやら肌色の小粒な薬をくれた。昔、よく麻雀をした仲間である。

「睡眠薬を飲むと記憶力が減退するそうじゃないか。それでなくても人の名前が出てこなくて焦ることが多いんだから、いやだ」

「なにを言ってる。おれなんかもう三十年以上も毎晩、睡眠薬を飲んできてるんだぞ。それでも新しい医学専門用語なんて、すらすら出てくるんだから、平気、平気」

「これ、なんて薬なんだい」

「えーっと、待てよ、うん、これは、えー、ケースの裏にちゃんと書いてあるだろ。ま、ありふれた睡眠導入剤だから心配ない」

私たちの世代は、薬品というものになんとなく心理的なアレルギーがあって、あまり飲まない。比較的副作用の少いといわれる漢方薬でも敬遠するところがあるのだ。

アメリカ人が平気で薬をガブ飲みするらしいことには、いつも驚く。要するに体のできがちがうのだろう。さらに薬とか化学的な合成品に対する警戒心が、ほとんどないように見うけられる。

一日三杯のコーヒー

昨夜もアメリカのハードボイルド小説を読んでいたら、主人公のタフガイが、何かあると必ずコデインを五、六錠、ガバッと口に放りこんで出かけていく。昔、撃たれた傷跡が痛むらしいのだ。それにしてもやたらコデインを飲むのには呆れた。あれはたしかモルヒネ系の鎮痛剤ではなかったか。

このところコーヒーを勧めるキャンペーンが、あちこちで目立つ。一日三杯から五杯のコーヒーが癌の予防に効果がある、などという断定的な記事もよく見かける。

私は若い頃からのコーヒー党なので、気をよくして一日に何杯もコーヒーを飲んでいた。編集者と打ち合わせのたびにコーヒーを頼む。

レモンをスライスしてもらってコーヒーに入れて飲むと旨い。そのうち、ときどき胃のほうから酸っぱいものがこみあげてくることがあって、どうも気になる。たぶんコーヒーの飲みすぎだろうと自己診断をして、一日三杯くらいにもどしたらまもなくおさまった。

開城の米軍キャンプで

先日、知人から上等の朝鮮人参をいただいた。

「土産物として売ってる品とはわけがちがいますからね。大切に飲んでください」

と、わざわざ念を押されて、なにを大袈裟な、と思ったが、飲んでみると、驚くほど旨い。これまでに飲んだ朝鮮人参は一体なんだったのだろう、と思ったほどだった。

朝鮮人参、または高麗人参の産地として有名なのは開城《ケソン》である。

敗戦後、北朝鮮にいた私たち家族は、命がけで脱出し三十八度線までたどりついた。浅い川を越えてしばらく行くと、米軍が管理していた韓国側だった。

私たちは難民として米軍のキャンプに収容された。開城郊外の小高い丘の上にあるそのテント村からは、開城の旧市街がよく見えた。

開城は高麗の古都である。美しいカーブを描く民家の屋根や、城壁などが続く雅びな街だった。私たちは米軍のテントの中に折り重なって寝、一日に二度、バケツにはいったコーンビーフを与えられて暮した。それまで食うや食わずの難民生活を送っていたからか、最初にコーンビーフを食べて吐く者が多かった。

やがて仁川《インチョン》から引揚船が出るという話だったが、なかなかそのときはこなかった。私は妹を背負って、キャンプ村の鉄条網ごしに、開城の情緒のある街なみを眺めて一日をすごした。

いま思うと不思議でならない。当時、開城は三十八度線の南、米軍の管理する韓国側にあったのである。それが今は北朝鮮の街になっているらしい。

そのことを韓国のジャーナリストにたずねたら、彼は笑って、

「それは北の将軍さまが開城の高麗人参を高く評価されておられたからだろう」

と言った。

朝鮮戦争の際に、家族がばらばらになって、北へ避難した人と南の韓国側へ脱出した人たちがいた。そのために離散家族が開城の市民に特に多かったという。

この朝鮮人参をコーヒーに混ぜて飲んでみたら、これがまたなかなかにいける。本格的なコーヒー通のかたからは馬鹿にされそうだが、私の感覚ではガテマラのコーヒーと相性がいいようだ。

正しく風邪を引く

昔の作家は、よく病気と貧乏の話を書いたものである。

貧乏のほうはともかく、病気となればやはり正岡子規だろう。『病牀六尺』や『仰臥漫録』など、いまでもときどき読み返すことがある。大抵、自分が具合が悪くなったときが多い。

〈この人にくらべれば、なんのこれしき——〉

という気分になってくるからだ。

数日前から、風邪の引きはじめのような症状がでてきた。鼻水が滝のように流れ、喉がいがらっぽい。

〈まあ、風邪の引きはじめだろう〉

と、最初は軽く見ていた。

風邪と下痢は体の大掃除、と野口晴哉《はるちか》師は言う。体のバランスが崩れると、風邪を引いたり下痢をしたりする。それは歪んだ体調を是正しようとする自然の働きだ。だから風邪や下痢を通過した後は、それ以前よりもうんとスッキリするというのだ。

しかし、そのためには風邪を上手に引かなければならない。長くても三日、それ以上ダラダラと風邪をこじらせると困ったことになる。

まあ、これは私の勝手な理解で、必ずしも正確ではない。『風邪の効用』（野口晴哉著／ちくま文庫）は、いまも私の座右の一冊だ。

風邪は忌み嫌うものではない。乱れた体調を回復させようとする自然の働きである。だから、

「ゴホンといったら喜べ」

と、野口氏は言う。

「風邪も引けないような体になったらおしまいだ」と。

だから私はこれまで、できるだけ正しく風邪を引こうとつとめてきた。まあ、盆と暮に一度ずつ引くぐらいが適当だろう。そしてほぼ適正に風邪を引いてきた。

しかし、三日以内に引き終えるというのは、これがなかなか難しい。まして年に二回、きまった季節に風邪を引くというのも、思うようにはいかないものである。

それが桜の季節に、急に鼻水が出はじめるとは。

花粉アレルギー？

不思議なことに、熱は平常である。咳もほとんどでない。頭痛もないし、体のだるさもない。ただ鼻水だけが盛大にでるのだ。

たまたまやってきた女性の編集者に話したら、馬鹿にしたような口調で笑われた。

「それって、花粉症じゃないですか」

「え？　花粉症？」

自慢ではないが、私はこの歳まで花粉症というものがどういうものか、まったく知らなかった。みなが花粉症、花粉症と騒いでいるのを聞いて、自分が時代の流行にとり残されたような淋しさを感じていたくらいである。

「ぼくは花粉アレルギーはないんだよ。これまで一度もそんな体験がないんだけど」

「それは加齢によるものです」

と、女性編集者は子供を説得するように断言した。

「高齢になると、それまでなかった症状が現れるそうです。八十歳を過ぎて、はじめて花粉症に悩んでいらっしゃるかたは少くないんですよ」

「ふ〜ん」

たしかにこの症状はふつうの風邪ではない。花粉症という未知の世界とはじめて遭遇したのだろうか。よく考えてみると、このところ奇妙な体験がいくつかあった。

人生百年、耐用期限五十年

一つは、悲しくもないのに不意に涙がでてくることだ。私は老犬が目やにのついた涙目をしているのを見て、人ごとのように思っていたのである。

先日、大阪倶楽部というところで講演をした。大阪倶楽部というのは、大正元年の創立だというから百年以上の伝統をもつ有識者の集いである。そのビルはレトロ感覚の見事な建物で、奇蹟的に空襲で焼けなかったらしい。

本来、私なんぞが出向くような場所ではないのだが、たぶん同世代の会員のかたがたも多いところから、お声がかかったのだろう。

そこで思い出話のなかで母親の話をした。軍歌全盛の時代に、ひとりでオルガンを弾きながら、野口雨情、西條八十、北原白秋などの童謡をよく口ずさんでいた話をしたのだ。

ところが、そのとき突然、どっと涙がでてきた。べつに感動にむせんでいるわけではない。ただ、不意に涙が流れだしたのだ。

話をきいている人たちにとってみれば、母親のことを喋っているうちに感きわまって泣いたように勘ちがいされたかもしれない。

私は歌謡曲は好きだが、日常生活では涙は苦手である。両親の話をする場合でも、できるだけユーモラスに話すのが常だ。

しかし、その後も、どういうわけかぜんぜん事務的な話の途中でも涙が流れることがあった。歳をとると涙もろくなるといわれるが、そういう感じではまったくない。

そのことに思いいたったとき、不意に納得がいったのは、花粉症、という言葉が頭にうかんだからである。

人生百年時代などというが、人間の体はそもそも五十年くらいを耐用期限としてできているものらしい。

先日も歯医者さんが、「まあ、どんなに手入れをしても、人間の歯は五十年ぐらいをめどに創られてるんですから」と言っていた。

正岡子規のころは、花粉症などなかったのだろうか。涙も、鼻水も、たぶん花粉症の訪れのせいだろうと納得して、ティッシュの箱を抱えて歩いている。

意外といいかも

貧乏ゆすりをドドンパで

子供のころから、どちらかといえば虚弱体質だった。そのくせ運動が好きだったのは不思議である。

当時はスポーツとはいわなかった。もっぱら運動と称していた。小学校で分列行進とか、軍事教練のまねごとみたいなことをやっていた時代である。子供たちのあいだで、兵隊ごっこという遊びが流行《はや》っていた。

もちろん、缶蹴《かんけ》りとか、鬼ごっことか、それなりの子供らしい遊びも一応は体験している。しかし、そういうのは遊びであって、運動とはいわなかった。

父親が剣道をやっていたので、剣道の稽古をした。稽古といっても遊びみたいなものので、それほど夢中になることはなかった。

戦後、中学から高校のころは、卓球と野球が流行っていた。メンバーが足りないからと誘われて、少年野球のチームにはいったものの、どうも向いていなかったらしく、ほとんど試合の記憶がない。そのころ貴重だったクレハのボールが芋畠に飛びこんで皆で探しまわったとき、それをみつけて監督にほめられたことがあった。

「おまえはボールを探すのがうまい」

と、いった意味のことを監督はいい、皆が笑ったことをおぼえている。

軟式のテニスも少しやった。当時は庭球といっていた。福岡の大会に遠征して、一回戦で負けて帰ってきた。

大学に入学したあと、運動の単位をとる手続きをしようとしたら、ほとんどの科目は残っていなかった。仕方なく、拳闘と馬術を選択した。両方とも自分には才能がないことが、すぐにわかった。

馬術の実習で、障害物を飛びこえる、という実技があった。実際には地面に梯子を横において、馬に乗ってそれをまたぐだけの話である。もっぱら馬糞の片付けをして単位をとった。中年過ぎて、ゴルフもやってみたが、これも駄目だった。

「する」より「観る」

要するに運動には向いていない人間であると、自分で納得し、ある時期から「する」

より「観《み》る」ほうに回ることにした。テレビが普及するようになると、スポーツ番組をもっぱら観ながら、あれこれ批評する。

有難いことに、ちょっとでもその運動をかじっていると、映像からでも体感できる何かがあって、そこがおもしろい。

テレビでのスポーツ観戦の問題点は、長時間ずっと坐りっぱなしになりやすいことである。これはあきらかに体に悪い。下半身の血行もとどこおるし、変な姿勢を続けていると腰痛にもなりがちだ。ゴルフの全英オープンなどを初日からずっと観ていると、確実に体調が低下する。

これにはいろんなアドバイスがあって、最近では一時間ごとに立ちあがって体を動かせという説がもっぱらだ。トイレに行くなり、その辺をうろうろ歩き回るなり、なにかしら動くことが必要だという。

しかし、これがなかなか難しい。ふと気がつくと三時間坐っている、ということもしばしばだ。

ある医師の説に共鳴するところがあった。その先生は、ちょくちょく立てないのなら、せめて貧乏ゆすりでもせよ、とおっしゃっていた。それだけでも随分ちがうというのである。

貧乏ゆすりとは、また懐しい言葉である。昔は対坐しているときに貧乏ゆすりをする人が、かなり多くいた。要するにじっと静かにしているべき場面で、膝などをこまかく震わせる行為である。

最近は貧困とはいうが、貧乏とはあまりいわない。それになぜか貧乏ゆすりをする人を、あまり見かけなくなったような気がする。

貧乏ゆすりが体にいい、という説に出会って、これだ、と思った。それ以来、長時間テレビの前に坐っている時には、堂々と貧乏ゆすりをする。

意識的にやってみると、貧乏ゆすりもなかなか奥が深いものであることがわかってきた。上下、左右、強弱、緩急、さまざまなヴァリエイションがあって簡単ではない。基本的なフォービートからはじまって、微震動、変拍子、タンゴ、ワルツ、チャチャチャ、どんな音楽にでも合う。

奇妙なリズム

なかでも私が気に入っているのが、

〈ン、パッ、タタタ、トット〉

という奇妙なドドンパのリズムである。

ドドンパといっても、憶えていらっしゃるのは、かなり高齢のかたがただろう。かつて熱病のように一世を風靡した奇妙なリズムである。フィリピン・バンドの影響だという説もあるし、メイド・イン・ジャパンの独特のリズムであると主張する人もいる。

三拍目が三連になるところに特徴があり、踊るときには片脚を踏みはずすようにステップする。

私は若いころ、ぺぺ・メルトという人のバンドの演奏で、『Russian goes modern』というアルバムを制作したことがあった。ロシア民謡をドドンパのリズムで演奏してもらったのだ。

私はドドンパという妙に農耕民族的なリズムを、日本のオリジナルだと思いたいところがあって、貧乏ゆすりにももっぱらそのリズムを愛用しているのである。

テレビの前に坐りこんで、夜明けまでスポーツ番組の中継を観る。ときどきドドンパのリズムで貧乏ゆすりをしながら。

転ばぬ先の杖より前に

相変らず脚の痛みが続いている。人にすすめられて靴の中敷《なかじき》に工夫してもらったが、いまのところ顕著な効果はない。先日、夜になると雨、という予報だったのでコウモリ傘をたずさえて外出した。雨は降らなかったが、傘の意外な効用を発見した。巻いた傘を杖がわりにして歩くと、思いがけず楽に歩くことができるのである。なるほど、これがステッキの効用か、と納得するところがあった。

昔の年配の紳士は、よくステッキをついて歩いていたものである。有名な政治家や作家など、ステッキの愛用者は少くなかった。雑誌のグラビアなどでは、ステッキをついて散策する著名人の写真をよく見たものである。ソフト帽にステッキというのが、なかなか似合っていた。

あれは格好つけてステッキをたずさえているのかと思っていたが、そうではないことが今になってわかった。

要するに皆さん、脚が不自由だったのではあるまいか。車椅子までは必要ないが、たぶん左右どちらかの脚の不具合を抱えていらっしゃったにちがいない。ステッキはお洒落の小道具ではなくて、実用の具だったのである。

〈転ばぬ先の杖〉

などという。転倒は万病の元、である。ことに高齢者にとっては、寝たきり老人になる重大要因だ。骨がもろくなっている高齢者は、転ぶとすぐに骨折する。ベッドに長く寝ていると、たちまち寝たきりになってしまう。以前にもいちど引用した川柳だが、

〈つまずいて　身より心が　傷ついて〉

骨も折れるが、それよりプライドの問題だ。ああ、こんなところで不様に転ぶとは、と、つくづく自分を情けなく思うのである。

この一年、絶対に転ばないぞ、と年頭に誓ったのは数年前のことだ。ところが或る日、ペンクラブの記念の会で短いスピーチをした。その会を終えて、二階の会場からロビーに降りるとき、階段で靴が滑った。その原因を分析してみると、三つの要因があった。

皮靴と絨毯で転倒寸前

一つは、立派な会場で階段に新しい豪華な絨毯がしいてあったことである。毛足の長い絨毯はことに滑りやすいのだ。

二番目は私が当日はいていた靴である。折角の会だからと、何十年も前にイギリスで買った格調正しきストレートチップの黒靴をはいていったのだ。はじめてはくまっさらの靴で、靴底は磨き抜かれたように滑らかに光っていた。要するにツルツルの靴底なのだ。

この二大要因に加えて、スピーチを終えて緊張感から解放された私は、おのずと気がゆるんでいた。ふだんなら転倒しないようにと意識して階段を降りるのだが、それがすこぶるイージーに階段にさしかかったのだ。滑りやすい絨毯に真新しい靴底、さらに気のゆるんだ高齢作家の軽率なステップが重なったのだから何かがおきないほうがおかしい。

三分の一ほど階段を降りたところで、一瞬、天井のシャンデリアが揺れた。新品の靴がツルリと滑って、見事に転倒、と、思った瞬間、両脇にいた男性二人がとっさに私の両腕を支えてくれて、足だけが空転、体は倒れずにすんだのである。

右にいて私を救ってくれたのは同業の浅田次郎さん、そして左側からホールドしてくれたのは講談社のMさんだった。たぶん私の足どりを見て、危ないな、と両脇を固めていてくれたのだろう。

あのまま見事に転倒していたら、確実に後頭部を階段の角にぶつけていたはずだ。救急車で病院に運ばれ、ベッドで寝たきりの生活にはいっていたかもしれない。

絨毯のしいてある階段には気をつけなければならない。真新しい靴は、しばらく路上を歩いてからはくべきである。

私はその日、帰宅してすぐ、その新品の靴のソールを紙ヤスリでこすりにこすった。ナイフで賽《さい》の目まで刻んだのは、いささかやりすぎだったかもしれない。

三つ揃いの背広と葉巻き

さて、話はステッキにもどる。あれを杖と考えればステッキは実用の具である。銀座にはステッキの専門店があるそうだ。転ばぬ先の杖、と納得してステッキ生活にはいるべきだろうか。

しかし、ステッキには三つ揃いの背広がよく似合う。できれば葉巻きなどもくわえたほうがいい。ダッフルコートなどより、インバネスなどの古風なよそおいがしっくりくるのではないか。まちがってもGパンにポロシャツではない。

ステッキをつくときには、ライフスタイルから変える必要がありそうだ。深夜、富士そばやなか卯《う》のカツ丼を頂くときにステッキは似合わないだろう。そう言ったら、若い編集者が首をかしげて、

「ナカウって、どんな店ですか」

ときく。

「深夜までやってるファストフードのチェーンさ。ほら、あの店がそうだ」

と、目の前の店を指さすと、

「はあ、あれナカウって読むんですか。ぼくはずっとナカタマゴって言ってました」

まあ、カツ丼は卵でとじるのだから、まんざら無縁でもない。しかし、専門店であつらえた立派なステッキを自動食券発売機の横に立てかけて、あれこれボタンを押すのはふさわしくはないような気がするのだが、どうだろうか。

ボケたくはないけれど

この年になって怖いもの

年をとると怖いものがなくなる、と言う人がいる。

本当だろうか。

私はいまだに怖いものが沢山ある。ちゃんとした高齢者になりきれていない証拠だろう。

たとえば、病気はどうか。

たしかに病気は怖い。週刊誌などを読むと、世の中にはとんでもない難病がある。そんな病気にはかかりたくない。だが、怖いか、ときかれるとどうも実感がない。

そういう病気になるというのは、交通事故にあうようなものだ。日頃の摂生をうんぬんするより、運不運という感じがする。

そうなったときは運が悪かったと諦めるしかないだろう。したがって普段から怖がるようなことではない。

「いや、なんてったって怖いのはアレだね。八十歳を過ぎると三人に一人はボケるというじゃないか。それだけは怖いんだよなあ」

と、同世代の作家が言う。

そばにいた意地悪な編集者が、

「三人に一人、っていうのはガンの話でしょ。そういう勘違いがボケのはじまりなんですよね」

「いや、そんなことはない。おれのほうが正しい。三人に一人というのは、アルツハイマーの話だ」

「そう頑固に自説を言い張るのも、ボケの初期の症状だそうです」

「おれは絶対にボケてない！」

「はい、はい」

「はい、はいってなんだよ。本当はボケてると思ってるんだろう」

「邪推もボケの初期の――」

どっちもどっちという気がしないでもないが、たしかにアルツハイマーの症状は怖いものの一つだ。

では、ボケを防ぐ方法はあるのか。こういう食べものがいい、ああいう薬がいい、などと雑誌やテレビは週がわりで特集を組んだりするが、私はあまり信用していない。

一日にコーヒーを三杯以上飲め、という記事を読んで、無理して飲んでみたが胃をこわしただけだった。蜜柑の皮が役立つとテレビで言っていた。しかし農薬のことを考えると、どうも皮ごと食べる気にはなれない。

数字の計算

世の中には脳トレというか、ボケ防止に役立つと称される方法がいろいろある。一時期は写経が効く、と言われていた。塗り絵もちょっとはやった。麻雀やブリッジがいいという説は昔からある。点数の計算をすばやくやるのは、たしかに効きそうだ。

数字の計算がボケ防止の役に立つなら、日常生活の中でもその機会は無数にある。タクシーを降りる時に、お釣りの計算を運転手さんより早くやる、という努力をしていた先輩の某作家は、いつも大きな札ばかり出しては嫌がられていたが、あまり効果はなかったようだ。

先日、金沢へいったときに地元の喫茶店の女主人と、偽金沢弁で短い会話をした。

「おかあさん、お元気かいね」

「ほうや、体は達者にしておいでやけど——」

と、少し口ごもって、

「おつむのほうが、ちょこーっと」

「ふーん、それは心配やな」

「昔からボケるのだけはいやや言うてられて、週刊誌の、ほら、なんちゅうたかいね、パスたらなんたら」

「クロスワード・パズルやろ」

「ほうや、それ、それ。いつもそればっかししておりまさったんやけど、しょむないわね。ここんとこ、ずーっと具合が」

「辛気なことやな。年には逆えんちゃ」

「ほんまやね。そやかて、不思議なことがあるんやぞ」

「へえ」

「おつむがやわらこうなられても、あのパズルたらなんたらだけは、今でもスラスラーっと解きまさるんや。みなさん、びっくりなさるほど上手に」

「ふーん。不思議なこっちゃな」

要するに、いくら上手にパズルを正解しても、ボケとは関係がないということだろうか。麻雀を上手に打てても、数字を正確に計算できても、それはそれ、ボケはボケなのかもしれない、と不承不承《ふしょうぶしょう》納得したことであった。

一日五箱のピース

そういえばミスター麻雀として、一世を風靡した故・小島武夫名人も、晩年、私と対談したときにはどことなく大人の風格があったような気がする。要するに会話の応対が、すこぶるおおらかであったのだ。春の海のような、と形容すればいいのだろうか、ゆったりしたテンポが、博多っ子らしくない感じだったのである。

では、何をしても無駄なのか。少しでもボケを抑える方法はないものだろうか。

「本を読むのが一番です」

と、力説する先生がたがいらっしゃる。

「読書にまさるボケ防止の方法はありません」

そうかもしれない。だが、私としては我が田に水を引く、という感じもして、あまり大声では言いづらいところがある。

「美味《おい》しいものは、すべて体に悪い」

と、断言する先輩作家がいた。その人は一日五箱のピースを吸っていた。そして、うっとりとつぶやくように言うのだった。

「体に悪いから、旨いんだよなあ」

その論法でいくと、楽しんでボケ防止になることなど、この世にはないんじゃないかと思われてくる。なにか脳に悪いものをあたえたほうが、いいのではあるまいか。ヘア・ヌードとかAVでは穏やかすぎる。もっと悪いものは何か。考えているうちに少し怖くなってきた。

記憶力より回想力

いきなり「きょうは何年何月何日何曜日か言ってみなさい」と言われて、一度も戸惑わずにスラスラ答えることができる人が、どれくらいいるだろうか。

「えーと、えーと」

などと四苦八苦しているお年寄りなどは、いいほうだ。

打てば響くように答える人がいる。反射神経が達者なだけで、おおむね間違いが多い。

「うん、平成三十一年の六月二十七日。木曜日だな」

などと調子よく応じて、

「なに言ってるんですか。もう平成じゃないでしょ。令和ですよ、令和」

「いま令和って言ったじゃないか」

「うーん、ちょっと来てますね。やはり運転はおやめになったほうがいいんじゃないでしょうか」

そんなやりとりを頭の中で想像しつつ、思わずため息をついてしまうのだ。

令和が万葉集に由来する言葉だとは、国民周知の話だが、『万葉集から古代を読みとく』（上野誠著／ちくま新書）によれば、大ヒットしたアニメ映画『君の名は。』のタイトルも、なんと万葉集にゆかりのある文句であるらしい。

私たち昭和世代は『君の名は』といえば、反射的に菊田一夫のドラマを思い出す。通俗的傑作といっていい名コピーが今でも頭に残っている。

〈忘却とは忘れ去ることなり。忘れ得ずして忘却を誓う心の悲しさよ〉

当り前のことを大袈裟にいうのが惹句のコツである。〈忘却とは忘れ去ることなり〉ですか。後半ちゃんと七五調になっているところがお見事。

なるほど、それじゃ、こういうのもありかね、などと当時ふざけて言葉遊びをしたものだった。

〈交合とは交り合うことなり。交り得ずして交合を望む心の切なさよ〉

などと、パロディというには品のない文句を、次から次へと並べては楽しんだものである。

真知子巻き、岸惠子、佐田啓二、数寄屋橋、と、連想の糸がほどけてくる。当時は数寄屋橋は橋だった。下を水が流れていたのだ。それが昭和である。

モールス信号

加齢とともに失われていく記憶もある。しかし逆に鮮明によみがえってくる記憶もある。全体にぼんやりしていくわけではない。こういうのをマダラぼけというのだろうか。いや、そうではあるまい。若い頃よりかえって鮮かに記憶が起《た》ちあがってくるのだ。記憶力は落ちても、回想力は高まってくるのではないか、と私は思っている。

「おジイちゃん、その話、もう聞いたわよ」

などとさえぎってはいけない。

不思議なのは、必要なことは忘れてしまっても、いま必要でない記憶がしっかり残っていることだ。

目で読み、文字にメモしたものでも、忘れてしまっているものも多い。しかし、口でとなえて、声にだして繰り返したものは、考えなくてもすぐによみがえってくる。

考えれば前に触れたモールス信号などもそうだ。トンツー、トンツートンツーと、キーを叩く原始的な通信方法である。

それを憶えるための便宜的な方法として、信号音を文章に直して記憶するやり方があった。わりあい短期間だけ採用されて、すぐに廃止になったらしいが、要するに受験生が年号などを暗記するために使う語呂合わせのたぐいである。

今にして思えば、思わず吹きだすような名文句もあるが、これがなかなか忘れないで残っているのが不思議でならない。

たとえば、〈ハ〉という信号は、〈ツー・トトト〉である。これを頭で憶えずに、言葉にして声をだして記憶する。

たとえば〈ハ〉という信号を〈ハーモニカ〉と言い替える。〈ツー・トトト〉だ。〈ホ〉は〈報国《ほーこく》〉。ツー・トトとなる。〈ノ〉はトト・ツーツー、これは〈乃《の》木《ぎ》東郷《とーごー》〉とおぼえる。

〈ヘ〉は〈屁《へ》〉。トン、でいい。いちばん最初に憶えた。

〈ツ〉は〈トツー・ツー・ト〉。これはちょっとユーモラスだ。〈都《つ》合《ごー》どーか〉と疑問形である。

モンペ姿の可愛い女子挺身隊員に、〈トツー・ツー・ト〉と信号を送れば、ポッと頬をあからめる昭和の光景。

〈ヤ〉は〈トッー・ツー〉で〈野球場《やきゅーじょー》〉。

エンジン音のちがい

原始的といえば原始的、しかし、国民学校の生徒（小学生）にとっては有難い便法だった。

音楽の授業では、艦船の水中音識別訓練というのもやった。手回しの蓄音機で敵艦のスクリュー音を識別する訓練だ。駆逐艦とか、輸送船とか、潜水艦など、さまざまな艦船の発する音から種類を察知するトレーニングである。

敵機のエンジン音を聴きわける訓練も、音感教育の一環として行われた。レコードに録音された爆音から、敵の機種をすばやく判別するのだ。グラマンか、ロッキードか、ボーイングか、単機か編隊か。それが生死を分けることにつながると言われれば、真剣に耳を傾けざるをえない。私は歌は下手だが、耳だけはいいと思っている。この年になっても、ＢＭＷとアウディやベンツのエンジン音のちがいははっきりわかる。

それが何の役に立つのか、と言われれば首をすくめて頭をかくしかない。そういえば、頭をかくという習慣も、いまはなくなった。

歌のアルツハイマー度テスト

昭和歌謡というのが、ちょっとしたブームになっているという。

どうやら世の中、なんとなく回顧的になっているらしい。昨年、画期的なメガヒットとなった『君の名は。』も、『シン・ゴジラ』も、それぞれ郷愁を誘うタイトルである。

聖地巡礼とかいって、アニメの舞台になった場所を訪れる若い人たちも少くないという。

そういえば、昔、数寄屋橋に本当に橋があったころ、上京するとまずその橋に直行する田舎者が多かった。私もその一人で、東京へきて何年かたって数寄屋橋を渡ったときは、思わず感慨にふけったものだった。あれも一種の聖地巡礼だろうか。

菊田一夫原作の『君の名は』は、一九五〇年代初期の超超ヒット作品だったのである。ラジオ・ドラマに、映画に、テレビにと、国民的ブームをよんだのが当時の『君の名は』だ。

ヒロインの岸恵子がしたストールの巻き方が大話題だった。「真知子巻き」とよばれて、街中に真知子巻きギャルが氾濫したものである。当時の宣伝広告のコピーが、いまでも頭に残っている。

〈忘却とは　忘れ去ることなり　忘れ得ずして忘却を　誓う心の　悲しさよ〉

とかなんとか、いまにして思えば笑いがこみあげてきそうな迷文句である。「忘却とは　忘れ去ることなり」か。当り前のことを、さもご大層なことのようにいうところにテクニックがある。それでも当時は、皆が涙したのだ。

〈失念とは　忘れ去ることなり　憶え得ずして失念を　憂う心の　むなしさよ〉

とか、

〈性交とは　性を交《かわ》すことなり　○○せずして性交を　思う心の　くやしさよ〉

とか、いくらでも応用がきく。伏字のところは、想像力を発揮してあてはめてください。きっとボケ防止のお役に立つはず。

昔の数寄屋橋の上からは、当時の朝日新聞の社屋が見えた。水面にはネオンが輝いていた。当時の歌謡曲が、ふと口をついて流れでる。

〽君の名はと　たずねし人あり

歌うのは織井茂子。『黒百合の歌』も、この『君の名は』シリーズ第二部の主題曲だった。

なんだかヘン

あらためて聴いてみると、昔の流行歌手は歌がうまかったんだなあ、と感心する。
しかし、この『君の名は』の三番の歌詞は、なんだかヘンな気がしないでもない。
まあ、流行歌とか歌謡曲といったものは、ほとんど一番の歌詞しかおぼえていないものである。時間をおいて聴いてみると、へえ、こんな文句だったのか、と驚くことが多い。

〽海の涯《はて》に　満月が出たよ
浜木綿《はまゆう》の　花の香に
海女《あま》は　真珠の涙ほろほろ

夜の汽笛が　かなしいか

どこがヘンかといわれても、説明のしようがない。海女《あま》と汽笛が、なんとなくシュールなのである。しかし、歌謡曲の魅力は、どこか「翔《と》んでる」ところにあるのだ。「パイプくわえて口笛吹けば」みたいな文句でも、いいメロディーにのれば人を酔わせるところがある。理屈を言うな、ただうたえ、という世界だろう。

「色」に関係のある曲

過日、古い歌の中から、「色」に関係のある曲を探してみたことがあった。どういう色が最も多かったかというと、なぜか赤と、青だった。もちろん私の記憶の中の話だから統計的に正確ではない。

青に続いて多かったのが白。思い出すままを適当にあげてみる。

『港に赤い灯がともる』岡晴夫、『赤い靴のタンゴ』奈良光枝、『赤い椿の港町』霧島昇、『赤いランプの終列車』春日八郎、『赤と黒のブルース』鶴田浩二、『赤い夕陽の故郷』三橋美智也、『赤いハンカチ』石原裕次郎、『赤いグラス』アイ・ジョージ&志摩ちなみ、

『真赤な太陽』美空ひばり&ジャッキー吉川とブルー・コメッツ、『赤色エレジー』あがた森魚、『あかいサルビア』梓みちよ、『恋は紅いバラ』殿さまキングス、などなど、いくらでもでてくる。

白もかなり優勢だ。

『白い船のいる港』平野愛子、『白い花の咲く頃』岡本敦郎、『白いランプの灯る道』奈良光枝、『白い小ゆびの歌』島倉千代子、『白い制服』橋幸夫、『チャペルに続く白い道』西郷輝彦、『白い色は恋人の色』ベッツイ&クリス、『白いブランコ』ビリー・バンバン、『白い蝶のサンバ』森山加代子、『白い約束』山口百恵、『白い一日』井上陽水、『外は白い雪の夜』吉田拓郎、などなど。

青もかなりのものである。

『青い背広で』藤山一郎、『青い山脈』藤山一郎&奈良光枝、『東京の空青い空』岡晴夫、『青いガス燈』岡本敦郎、『青い夜霧の港町』大木実、『月がとっても青いから』菅原ツヅ子、『青い詩集』和田弘とマヒナ・スターズ、『ブルー・シャトウ』ジャッキー吉川とブルー・コメッツ、『ブルー・ライト・ヨコハマ』いしだあゆみ、『わたしの青い鳥』桜田淳子、『青葉城恋唄』さとう宗幸、『青い珊瑚礁』松田聖子。

さて、八割以上思いだせたかたは、八十五歳くらいまでアルツハイマーの心配はないだろう。ぜんぶ出てくれば百歳まで大丈夫かも。

認知症を防ぐには

日刊ゲンダイの連載記事に、精神科医の和田秀樹さんの認知症に関するコラムがある。〈認知症　絶対　やってはいけないこと　やらなくてはいけないこと〉という題がついていて、毎回身を乗りだして読んでしまう。

私は以前から忘れっぽいところがあって、周囲に迷惑をかけたりすることがしばしばだった。

人と会う約束を忘れたり、原稿の締切り日を間違えたりする。それより困るのは、ダブル・ブッキングというのか、いくつかの仕事を重ねて引き受けてしまって、当日、大騒ぎしたりすることも少なくなかった。

新しい電化製品の使い方など、メモをとって憶えたつもりでいても、三日たつともう忘れて立往生する始末。

人と話していても、なんとなくトンチンカンな会話になったりするのは毎度のことで、相手も別に気にしないようだ。

「その話は先日したじゃありませんか」

「あ、そう。すっかり忘れてた」

「いやだなあ、これまで三遍も説明したんですよ」

「三度あることは四度ある、って言うじゃないか」

「二度あることは三度ある、でしょう」

和田医師の話では、人の記憶には二通りあるそうだ。一つが「エピソード記憶」、もう一つが「意味記憶」と呼ばれるらしい。

「エピソード記憶」は昔の体験や出来事などの記憶。「意味記憶」のほうは、数学の公式とか歴史的事件の年号、人名、あるいは勉強して憶えた外国語など知識に関する記憶の分野であるという。

一般的には「エピソード記憶」のほうが忘れにくいとされているそうだ。自分の記憶をふり返ってみても、映画のシーンのように、または写真のスナップ・ショットのように、いろんな映像が浮かんでは消える。

そのくせ、地名とか年代とかが全く曖昧なのは「意味記憶」力の低下がいちじるしいのだろう。

身体記憶は長持ちする

記憶について私見を述べれば、エピソードや意味の記憶のほかに「身体記憶」というものがある。自分に関していえば、頭で憶えているより、はるかに体で憶えているもののほうが多いのだ。

「意味記憶」すなわち年号や数字、人名や地名などは、意識的に復習することで長期保存されるが、「身体記憶」は一度身につければ、ものすごく長持ちするらしい。

たとえば、私は今でも無意識に海軍の手旗信号をやることができる。別に何も考えなくても、イロハニホヘト、とするすると手が動いてしまうのだ。

この手旗信号は、昭和十八年の夏、元山《ウォンサン》という場所で憶えた。当時、海洋少年団というのがあって、毎年、夏になるとそこの海岸で合宿訓練が行われていたのだ。

戦後、ただの一度も復習などしたことがない。それにもかかわらず、体が勝手に動きを記憶しているというのは不思議なことである。

また、当時は学校の音楽の時間にモールス信号を憶えさせられた。のちに廃止されたが、記憶するのに便利な方法があって、私たちはそれで信号を記憶したのである。たとえば、イロハのイは、ト・ツーなので、「イトー」と声を出して憶える。伊藤さんのイトーだ。ロは「ロジョーホコー」（路上歩行）で、トツー・トツー。ハは「ハーモニカ」（ツー・トトト）となる。ノは「乃木東郷《ノギトーゴー》」、ホは「報国《ホーコク》」、というように音と声と意味で暗記するのだ。

この手旗信号とモールス信号は、七十年以上、まったく復習しないのにスラスラと出てくる。歌と一緒で、体が憶えているのだろうか。

心の古傷、記憶の闇

年寄りは繰り返し同じ話をすることが多い。しかし、

「オジイちゃん、その話もう百ぺん聞いたわよ。次がこうなって、オチはこうでしょ」

などと言ってはいけないのだ。和田先生によれば「根気強く耳を傾け、その話に関連したエピソードを聞き出すようにする」必要がある。

「それで？」「初耳だな」などと相づちを打ちながら、これまで出力したことのなかった情報を引き出してみせることが大事だというのだ。

「親の脳を悩ませる」ことで認知症の進行を抑える効果があるらしい。

ただ、戦争中の記憶を語る高齢者は、ある大事な点については、口をつぐむことが多い。それを語れば、周囲が沈黙におちいるような重い記憶もあるからだ。

「忘れまい」という努力もあれば、「忘れたい」という意識や無意識もある。楽しいことばかり体験して、平和な時代に生きてきた世代にはわからない記憶の闇もあるのだ。

私も敗戦前後の数年間の日々は、二度と思い出すまいと努力してきた。

「忘れまい」「思い出そう」とすることを心の中で拒絶して、戦後七十余年を生きてきたのだ。

私は眉間《みけん》に傷があって、加齢とともに少しずつ深くなってくる感じがある。敗戦の後、レンガで額を割られた傷跡である。それを鏡で見るたびに、一斉によみがえってくるイタイ記憶がある。

古い記憶を再生させることは、認知症を防ぐためにたしかに有効かもしれない。しかし、人はだれでも心に古傷をもっている。思い出すべきか、忘れたままにしておくか、むずかしいところだ。

人生後年の遊びごと

この歳になっても怖いものは沢山ある。

まず、転ぶのが怖い。転倒は高齢者のもっとも気をつけなければならない事故である。ちょっとした段差につまずいたりする。気がつかない内にスリ足になっているのだ。

私がバリアフリーに賛成でないのは、そのためである。室内の段差は、ある程度あったほうがいいように思うのだが、どうだろうか。段差のまったくない家に住んでいると、それに慣れてしまいそうな気がするのだ。人生、山あり谷ありで、いつつまずくかわからないと、常に自分に言いきかせておく必要がある。

誤嚥《ごえん》も怖い。最近では誤嚥性肺炎というのがやたらに増えているらしい。私もときどき物が喉につまりそうになって、目を白黒させることがある。それが気になって、この一年ほど、どうすれば嚥下《えんげ》がスムーズに行えるかを研究した。

その結果、我流の嚥下術を会得した。えらそうに弁ずるわけではないが、その成果をお知らせする。

まず、すべての動作は、無意識にやってはいけない。立居振舞いすべてにわたって、ちゃんと体と連携プレーをするべきなのだ。

坐るときは、今から坐るぞ、と体に言いきかせて坐る。階段を降りる場合は、階段を降りるぞ、と知らせて降りる。中腰で荷物を持ちあげるときは、これから何キロぐらいのものを持ちあげるぞ、と言いきかせる必要がある。

物を飲みこむときもそうだ。

コップの水を飲む、などという動作は、いちいち意識しなくてもできる。しかし、水を飲んでむせたりするのは、誤嚥の始まりだ。

朝、いろんな錠剤をまとめて一ぺんに口に放りこむ人がいる。私も八味地黄丸とか、ビオフェルミンとか、その他の錠剤を無造作にポンと口に放りこんで、水で一気に飲みくだしていた。

しかし、これも気をつけなければならない。先日、飲みつけているはずの錠剤の何粒かが喉に引っかかって、危うく気管に迷いこむところだった。毎朝の習慣なので、つい無意識に飲みこんだ結果のミスである。

嚥下の技法について

歳をとると低下するのは、筋力や視力だけではない。飲みこむ力、嚥下力もまた大きく低下するのだ。

これを避けるためには、まず先ほど言った無意識の動作をしないことである。さらに高級な嚥下の技法としては、飲みこむ物が喉の上側を通過するように心がけることだ。そのためには、気持ち頭をうしろに反らすようなつもりで飲む。

これは私が犬を見ていて発見した技法である。犬に大きな肉の塊とか、そんな食物をあたえると、口にくわえて一気に飲みこむ。連中は（犬に連中は変だが）あまり長々と咀嚼ということをしない。くわえた餌は他にとられまいとあわてて飲みこむのである。その際に、一瞬、頭をうしろに反らせて顔をあげるような動作をする。それが物を飲みこむときのコツだ。人間も動物である。その習性を忘れるところから、誤嚥などというややこしいことに見舞われるのだ。

ふだんから私は、養生についていろんな我流の研究を続けてきた。

たとえば、本来、胃が持っているはずの野性的な消化力を退化させないために、週五日はよく噛んで食べ、土、日にはあまり噛まないで飲みくだす技法などもそれだ。

なんでも過保護にすれば退化する、というのが私の考えである。

「イグノーベル賞向きの研究ですな」

と、笑った編集者もいたが、私が彼の腰痛を治してからは、真面目に話をきくようになった。

私自身は、目下、左脚の痛みのために時には杖をついて歩いたりする有様だが、これも今のところ、慎重に観察中といったところだ。

夜中に何度もトイレに行くのも困ったものである。なんでも膀胱の過活動の傾向があるらしい。膀胱の働き方改革でも徹底して、過活動をストップさせる方法はないものだろうか。

塡詞のすすめ

そのほかにも、体調の問題は数々ある。人間、長く生きればパーツも古びるのだ。歳をとるということは、身心ともに錆びるということだ。

頭の錆を落とす、というか、最近、ボケ防止のいい方法を一つみつけた。それは歌の文句を作ること、つまり作詞をすることである。

私の経験では、何もないところに詞を書いて、それに曲をつけてもらうという、いわゆる詞先《しせん》のやり方では大した効果は望めない。

私がおすすめするのは、先にメロディーを作ってもらっておいて、それに言葉をはめていくという遊びである。業界ではメロ先などと言ったりもするらしい。

これは実は、由緒のある風流な遊びであるらしい。古代、中国では文人墨客が集って、しばしば詞作に興じたという。あらかじめ主題曲は決めておく。その曲に合わせて皆が勝手に言葉をはめこんで一篇の歌曲を完成させるのだ。

これを古くは「塡詞《てんし》」といった。損失補塡の「塡」である。「うずめる」「はめる」などの意味だろう。いまでいうメロ先だ。明治の頃には、森川竹渓など日本にも有名な塡詞家が沢山いたそうだ。

毛沢東もこの遊びが好きで、いくつかの作品があるらしい。

これは頭脳と感性の両方を使う。ヒット曲に勝手な歌詞をつけて、自分でうたう。これは確実に効きます。

人が世を去る適齢期は？

一説によると、人は七十歳台で三〇パーセント、八十歳台で四〇パーセントが多少とも認知症の傾向を呈するという。

私はあまり統計というものを信じない。数字は人を欺さないが、人が数字を悪用するのである。だから自分に都合のいいように解釈する。

八十歳台で四〇パーセントがボケるなら、六〇パーセントは大丈夫なんだな、と安心することにしているのだ。

しかし、体の不調は意識できても、オツムの退化は自覚しづらいのではないか。

人の名前がでてこないぐらいは、あまり気にすることもないだろう。

〈どうも近頃、物忘れがひどいなあ〉

と、自分で舌打ちする程度なら大したことはない。コンビニで買物をして、お釣りだけをしっかりもらいながら、買った品物を置き忘れたりすることがある。

「オ客サン、忘レモノネ！」

と、外国人の店員さんに笑われたりするのだが、それもべつに不安ではない。

問題は、自分の精神の退化が意識できないような状態である。周囲の人はそれに気づいているのに、本人はその自覚がないといった場合だ。

先日、講演の前に、

「先生、失礼ですが」

と、司会の女性が口ごもりつつ言う。

「はい、なんでしょう」

「あの、その、社会の窓が――」

「社会の窓」とは、また古風な表現だ。彼女は現役をリタイアした地方局の女子アナだったから、五十歳前後の大人の司会者なればこそだろう。

若い人のために説明しておくと、昔はズボンの前のチャック、いやジッパーがあいている状態を「社会の窓があいている」と表現したのである。

そのとき、ひさしぶりに奥床しい言葉づかいに接したような気がして、嬉しかった。

初期の認知症を判別するには、食事の記憶が問題だという話をきいた。

前回の食事で何を食べたかは、正確に憶えていなくても差支えない。問題は、すでに食事をしたかどうかが判然としないケースであるという。

「ありがとう」と言いながら

「そろそろ昼食にしようか」

「あら、さっき食べたじゃありませんか」

「ん？　食べたかなあ。いや、やっぱりまだだと思うけど」

この辺が単なる物忘れと認知症の分かれ目である、と本に書いてあった。先日、起きてすぐ歯を磨いたかどうかが判然としないことがあった。歯磨き剤のチューブの凹み方を調べたり、ブラシの濡れ具合をチェックしたりしたが、やはりはっきりしなかった。念のためと、あらためて歯磨きをしたのだが、これは要注意だろう。

直前の記憶が曖昧なわりに、五十年以上も昔のことは手にとるように憶えている。そこが不思議なところだ。

私が尊敬するある医師は、こんなことを言っておられた。

「多少のアルツハイマー病は、がんの患者さんに恵みである場合があります。穏やかに死んでいく助けとなる場合があるので」

死を直視してからも意識が明瞭である場合の末期について、私は想像することができない。しかし、死を目前にしながら人はどんなことを思うのだろうか。

介護する人たちに暴言を吐いたり、異常な行動にはしったりするような人格崩壊の例を私たちは知っている。「ありがとう」と言って世を去ることは、至難のわざではないだろうか。

リアルな課題として

ボケる、というと、私たちはなんとなく穏やかに微笑しながら無反応の好人物を想像しがちだ。痴呆という言葉のイメージが呼びおこす想像である。

しかし、精神がおとろえると、人は凶暴にもなるし、非人間的な行動もする。穏やかに恍惚のうちに息を引きとることができればいいが、なかなかそうはいかないようだ。

以前は適齢期、などという言葉があった。女性の結婚の理想的な年齢を勝手に決めていたのだ。すこぶる差別的な表現である。

しかし、いま、ふたたび適齢期のことを真剣に考えなければならない時代が訪れてきたようだ。すなわち、この世を去るに最もふさわしい時期である。

もちろん、そこには個人差があるだろう。周囲の状況も考慮しなければなるまい。だが、人は一体、何歳ぐらいまで生きるのが理想であるのか。長く生きればいい、というわけでもあるまい。

今後はとりあえず、八十歳から百歳までの間に世を去るというのが、およその目標になるだろう。日本人の平均寿命が、すでに八十歳をこえているのだから、それはごく自然な考え方である。

これまでも死に関する提言のブームが、周期的に繰り返されてきた。だが、それらの提言や論議は、思想とか、哲学とか、宗教の問題として語られてきたように思われる。

しかし、いまはちがう。リアルな問題として私たちの目前に迫っている問いかけなのだ。

「死に方を考えることが、生き方を考えることだ」とは、これまで繰り返し語られてきたことだった。だが、現在はそれは思考のテーマではない。具体的な問題として私たちに迫ってきているのである。年金や相続の手続きと同じリアルな課題なのだ。それに対する答えは、まだない。

こころの持ちよう

貧しき食にも歴史あり

その言葉を口にすると、例外なくイヤーな顔をされる表現がある。

昔、といっても戦後のことだが、悪ガキたちのあいだで、食べものに困って犬を探そうという話になったことがあった。つかまえてきて食べようという計画である。敗戦直後のことだ。

ところが、その気になってキャッチしようと思っても、これがなかなかうまくいかない。こちらの意図が伝わるのか、餌を手にしておいでおいでをしても、近づいてこないのだ。一匹だけ痩せた黒い犬がしっぽを振ってそばへやってきた。

「これ、つかまえる?」

と、言いだしっぺの先輩の顔をみると、首をかしげて、

「これは、やめておこう」

と言う。

「どうして?」

「うーん」

腕組みして彼はこう言った。

「一シロ、二アカ、三ブチ、四クロ、とか言うだろ。黒犬はまずいらしいぞ」

「一シロ、二アカ、三ブチ、四クロ、かあ」

そう言われると突然、食欲がなくなった。餌だけもらった黒犬は、うれしそうにしっぽを振って離れていった。

犬を食べる文化というものは、どこの国にもある。昔の人の若い頃の話をきくと、その手の話題がしばしばでた。

「一シロ、二アカ、って言うからね」

要するに白犬が一番。それにつぐのが赤犬だというのだ。赤犬といっても赤い犬というわけではない。褐色の犬のことだろう。

「いや、おれの田舎でも、そう言ってた」

などと言いだす連中が結構いた。

「だが、順番がちがう。うちのほうでは、一シロ、二アカ、三番目がクロで、四番目がブチだった」

結構、犬を食べる習慣は、昔はこの国でもめずらしいことではなかったらしい。しかし、いまの時代にそんな話をすると、セクハラ、いや、アニハラとして批判攻撃されかねない。さらに味に順番をつけたりすると、顔をそむけられること必定である。

朝からビフテキ？

ところで、最近、高齢者ほど肉を食え、という意見がもっぱらになってきた。有名な長寿者のダレダレさんは、朝からビフテキを召しあがるとか、いろんなニュースが伝わってくる。年をとるとサルコペニアとかいって、筋肉が落ちてくるらしい。それをおぎなうには、蛋白質をしっかりとらなければならない。梅干しとメザシぐらいでは駄目だ、という説である。

それに対して、野菜をもっぱら食べていれば大丈夫、という人もいた。

「牛は草だけ食べても、脂肪たっぷりの体になるじゃないか」

言われてみれば、なんとなくそれにも一理あるような気がしてくる。

私は以前、『百寺巡礼《ひゃくじじゅんれい》』というテレビの紀行番組をやっていた。その旅で訪れた禅寺の修行僧たちは、みな筋骨たくましく、血色のいい顔をしていた。私もいちど永平寺で食事をいただいたことがあるが、ステーキなどは出なかった。

いずれにせよ、戦中の食糧不足の時代に少年期をすごし、戦後の貧しい季節に青年期を送ったせいで、私の食べものに関するキャリアは徹底して貧しい。

若いころ、NHKの番組で「私の得意料理」というのに出演交渉があった。本番に先立って、電話取材があり、どんな料理を披露してもらえるかときかれた。

「お肉屋さんから冷えたコロッケを買ってきて、それをトースターでこんがり焼いて、ソースをかけて食べると最高です」

と、答えたら、番組出演が取り消されたことがあった。

松茸とキャビアの時代

そういえば以前、京都で食べたボタン鍋というのか、猪の肉は旨かった。

「丹波の松茸を腹一杯食べた猪ですさかいに」

と、仲居さんのコメントも上手だった。

松茸といえば、前に訪れたブータンでは松茸がめちゃくちゃ採れるらしい。日本へ航空便で送っているという話だったが、ある日、スタッフが市場で山ほど松茸を仕入れてきた。焼いたり、煮たり、いろいろ工夫して食べたが、いくらでも食えといわれると松茸もそんなに有難くないものである。

かなり以前、ルイ・ロデレールというシャンパンの会社が、新製品のシャンパンを売り出す際に、サンクトペテルブルクのエルミタージュで披露のパーティーを催したことがある。なんの間違いか私も招待されて、タキシードを用意してでかけた。

その席で、銀の大皿の上に山ほどキャビアが供されていたが、そこまでいくとほとんど有難味がない。

ルイ・ロデレールは、かつてのロマノフ家御用達として有名な銘柄である。ルイ・ロデレールのボトルが透明なのは、中にテロリストが爆薬や毒薬を仕込んだりできないためだ、と聞いたが本当だろうか。

押し麦入りの代用食を食べていた時代、コロッケをトースターで焼いて満足していた時代、松茸を手づかみで食べた時代、そしていま、蛋白質をとれとすすめられる時代。

一シロ、二アカ、三ブチ、四クロ、という言葉をふと思い出しては、時の流れをしみじみと思い返すのである。

年をとると人間は変るか

年をとると、若い頃とはちがったものの見方をするようになるものだろうか。自分についても新しい発見があるのだろうか。

人生とか、世間とかに対する考え方が大きく変化するものなのだろうか。

この年になって謙虚にふり返ってみて、はたしてどうなんだろうかと考える。

私自身について言うと、ほとんど何も変っていないような気がする。

「要するに成長していないということだな」

と、口の悪い同世代の友人が言う。

「おれなんか昔とはものの考え方が、まるでちがうね。伊達に年をとったわけじゃないということだ」

「へえ。ご立派なことですな。で、どこがどうちがうんだい」

以前、『ニーチェの馬』という妙な映画を見たことがある、と彼は話しだした。

「なんともいえない疲れる映画でね。それを見たあと、しばらく仕事をする気がしなかったな」

老いた父親と、娘と、一頭の馬の話なんだが、と彼はうんざりした顔で言う。

「要するに、人生は徒労だ、というだけの話なんだよ」

で、結論は？　と私は催促した。こういうせっかちなところは、十代の頃も八十代のいまも全然変らない。たしかに昔とくらべて成長も進歩もしていないとわれながら呆れる。

「昔はその映画を見て、腹が立った。大事な時間を無駄にさせやがって、と憤慨したことをおぼえている」

「それで？」

「いまになってその映画のいろんなシーンがしみじみと思い出されるんだよ。たしかになあ、人生ってやつは、結局、徒労に過ぎないんじゃないか、と」

「そういうのは進歩でも、成熟でもないと思う。ただ単に疲れて気が滅入ってるだけのことじゃないのか。徒労というより疲労と言うべきだろう」

三十五年前の教訓

私もときには人生は徒労に過ぎない、と感じることがある。

〈よどみに浮ぶうたかたは、かつ消えかつ結びて、久しくとゞまりたるためしなし〉

それは当然だろう、と若い頃から思っていた。石川達三さんが雑誌『新潮』に「流れゆく日々」という連載をなさっているのを読んで、夕刊の連載のタイトルを「流されゆく日々」としたのも、そんなひねくれた気持ちからだった。

四十代後半の頃、休筆と称して一時期、京都に移り住んだことがある。当時、桑原武夫さんを頭《かしら》に、関西在住の学者や物書きが不定期に集う私的なグループがあった。梅原猛さんが若頭《わかがしら》で、司馬遼太郎さん、陳舜臣さん、橋本峰雄さん、ときに梅棹忠夫さんなども顔をみせたりして、とても自由でわがままな会だった。私もなぜかその端っこに加えていただいて、皆さんと一緒におでん屋や祇園のお店などで雑談をする機会に恵まれたのは幸運だったと思う。

橋本峰雄さんとは、麻雀という共通の話題があることで酔うと、よく私にホッブズを持ちだしては議論をしかけてこられた。

「雀友《じゃんゆう》などといいますけどね、そんなものは当てになりません。卓を囲むメンバーは常におたがいに対してオオカミなんです」

人は他人を取って食うオオカミである、というのは、教えられなくても敗戦後、私が学んだ最初の教訓だった。

それはもういまから三十五年あまりも昔の話だが、最近しきりにホッブズの名前を見聞きするようになったので、ふと橋本さんのことを思い出したのである。

清沢満之の姿勢

余談だが、近代の真宗教学の第一人者とされている清沢満之は、明治期の清沢ブームとは裏腹に、戦前、戦後もながく世間に忘れられていた存在だった。

それに光を当てて、人びとに清沢満之の存在を強調したのは、一九七〇年に刊行された『日本の名著』（中央公論社刊）の第四十三巻『清沢満之・鈴木大拙』である。

『清沢満之と日本近現代思想』（山本伸裕著／明石書店刊）によれば、それを「第一次『復権』の試み」として紹介してあって興味ぶかい。

その『日本の名著』第四十三巻、『清沢満之・鈴木大拙』の巻の責任編集者が橋本峰雄さんだった。山本伸裕さんの著書によれば、その背景に司馬さんのサジェストがあったことが指摘されていて、なるほどとうなずかされるところが多かった。

清沢満之については、門下の暁烏敏のほうがはるかに知名度が高い。橋本さん自身が述べていることだが、〈中央公論社へ寄せられた一般読者からの反応には、清沢満之なる名前が日本を代表する五十数名のなかにまぎれこんでいることへの疑問と不満の表明がもっとも多かった〉というのだ。

清沢満之と、その門下生というか同志というべきか、暁烏敏を筆頭とする人びととの関係が私にはひときわ興味ぶかい。『精神界』など雑誌に発表された清沢名の文章には、かなり彼らの手がはいっているといわれているが、それについて清沢はほとんどこだわるところがなかったという。いわゆる専門的な文教業界用語をほとんど使わずに、仏教を論じた清沢の姿勢に、司馬さん、橋本さんなどを強く魅了するところがあったのだろうか。

彼は満三十九歳で世を去った。清沢満之が、もし八十五歳まで生きたら、どういうふうだったのだろう、とふと考える。

再び高齢者の運転について

書店で車関係の雑誌をパラパラとめくって立ち読みする癖が、いまだになおらない。車の運転をやめて、もう二十年以上たつにもかかわらず、新型車発表のニュースなどに、つい目がいってしまうのはどういうわけか。

街角のアストンマーティンのショールームの前を通りかかると、必ず立ちどまってのぞきこんだりする。

未練といえば、これほど未練がましいことは、ほかにはない。

何度も書いたので気が引けるが、私が車の運転をやめたのは六十五歳のときだった。そのときは本当に人生を降りたような気がした。もっと掘りさげて言えば、男としての性的な機能を放棄したように感じたのだ。

「これでおれの人生は終った」

と、思ったというのは大袈裟ではない。

その後、ハンドルを握ることはなかったが、運転免許証は返納しなかった。それどころか、期限が来るごとに、運転免許を何度か更新したのである。地元の自動車教習所で行われる高齢者のための講習と実技試験を受けに出かけたのだ。

講習を受けにきているのは、当然ながら同世代のかたがたばかりである。孫のような若い講師の先生から、いろいろ質問を受けたりする。

動物や乗物の絵を見せて、その後、絵を隠し、「いま見たものを言ってください」などとテストされるのだ。要するに認知症の有無を確かめるためのテストだろう。

実技は教官一人に受講者二人が同乗して行う。一人が運転しているあいだは、うしろの席で待機していなければならない。

これが怖い。

赤信号でも平然と走り抜けようとするご婦人がいらっしゃる。教官があわててブレーキを踏むと、「あら、ごめんなさい」と、口に手を当てて上品にお笑いになったりするのだ。

降りるときに教官から、「ふだんは運転なさらないんですよね」と念をおされて、「もちろんです」などとおっしゃって、オホホと笑われるしぐさも奥床しい。

男性能力の証明?

ものすごく強引な運転をされる高齢者もいらっしゃる。鼻歌まじりで、車庫入れなども朝飯前。

「毎日、仕事で走ってるからね」と、片手ハンドルで急発進、急ブレーキ。運転しないのに、なぜ私は厄介な高齢者運転講習などを受けるのか。そこが人間心理の微妙なところだ。

統計で見ると、運転しなくなった人の免許証返納率は、ほぼ三〇パーセント程度であるらしい。七〇パーセントは所有しているのだ。私もかなり長いあいだその一人だった。私の友人の一人は、期限切れになった免許証を、後生大事に財布にしまって持ち歩いている。その心理は、なんとなくわからないでもない。

期限切れの運転免許証など、捨ててしまうか返納すれば、と思われるだろう。

しかし、私自身、運転をやめた後、何度も講習を受けて免許を更新した。高齢者（七十一歳以上）の免許は三年で切れる。運転しなくなったのに、長いあいだ不用の免許証を所持していたのだ。

運転免許証というのは、健康保険証や身分証明書とはちがう。パスポートは返納しても、運転免許証は持っていたい心理とは、一体なんだろう。

アメリカのミステリなどを読んでいると、知らない土地のモーテルに泊るときなど、運転免許証で身元を確認する場面がよく出てくる。

パスポートは、単に国籍を証明するものだ。健康保険証も権利の証明書だ。しかし、運転免許証は、その人の能力の証明である。車を運転できるということは、社会人としての体力、知力、能力が人並みであることの証明でもあるのだ。

加齢と人間の能力

さすがに私もそれ以上の高齢者講習は受けにいかなかった。ある意味で現役を引退する覚悟ができたのである。しかし、それでも古い免許証は私の机の引出しの中にある。返納するのが面倒だったわけではない。

ある年齢以上のドライバーに対して、強制的に免許を返上させるのは難しいのではないだろうか。問題は単に利便性だけの話ではないからだ。

車友、北方謙三氏には、車の運転をやめて愛車マセラッティを手放す時、その車のタイヤに秘蔵の超高級ワインを惜しげなく注いで別れを告げた、という泣かせる伝説がある。おそらくチンギス・ハーンが馬を駆ることを諦めた時の心境だったのではあるまいか。

自動運転の時代になれば、はたして夢よもう一度、という気分になるのだろうか。私はそうは思わない。車を運転するということは、悍馬を駆るということと同じ行為なのだ。自動運転の馬に乗って楽しいか。便利であればそれでいいのか。

高齢者が車を運転するのは、単に利便性の問題だけではない。そこにはアイデンティティの欲求があり、無意識のアンガージュマンの問題があるのだろう。

しかし、車は走る凶器でもある。そして人間の能力には熱力学の法則が存在する。私は六十歳を過ぎてから、上の瞼がさがってきて、上方視界が狭窄する自覚があった。顔をあげなければ信号が視野にはいらなくなったのだ。それは加齢現象の一端にすぎない。

机の引出しの中の古い運転免許証を眺めながら、捨てようか、このまま捨てずに取っておこうかと迷っている自分が情けない。

痛む脚にありがとう

毎週、書き続けているこの雑文の中で脚の不具合のことに触れたら、いろんなかたから葉書やお手紙をいただいた。どれも体験にもとづく懇切なアドバイスである。誌面を借りて、お礼を申上げたい。

左の脚が痛むようになったのは、三、四年ほど前からのことである。七十代の中頃までは階段を上るのが趣味だった。室生寺の七百数十段の石段を、仕事で三往復したこともある。

『百寺巡礼』というテレビ番組の撮影のときのことだ。リハーサルで一往復、本番の撮影でもう一回、それで終ったつもりでいたら広報用のスチール撮影が残っていた。往復千四百余段の石段を三回登り降りしたのだから、さすがに脚がガクガクした。いまから十四年前のことだ。

それが八十歳を過ぎた頃から、にわかに脚が痛みだした。じっとしていると何ともないのである。歩いたり、階段の登り降りが具合が悪い。膝や太腿や腰など、あちこちが痛む。

常識的には脊柱管《せきちゅうかん》狭窄症《きょうさくしょう》か、下肢静脈瘤か、変形性膝関節症か、その辺だろうと思っていたが、レントゲンを撮ってもらったら変形性股関節症と診断された。なにしろ戦後七十余年、歯科以外の医院のお世話になったことがない。レントゲン撮影も生涯二度目の被曝である。もちろん検査など一度も受けたことがない医療処女なのだ。

「で、どうすればいいんでしょうか」

「そうですね。同じ症状のかたで、スイミング・クラブで水中歩行を続けて、良い結果が出られたかたがおられます」

「はあ」

「しばらく様子を見て、またいらしてください」

というわけで、なんだか狐につままれたような気分で帰ってきた。

〈三時間待たせたあげく加齢です〉

とかいう川柳があったが、要するに老化ということだろう。人生五十年、という自然のリミットをこえて、体のあちこちがすり減ってきたのである。

明日死ぬと判っていても

脚が痛いからといって歩かないでいると、さらに筋肉も衰えるだろう。痛む脚を引きずりながら、そろそろ歩く。階段の登り降りがことにきつい。スロープの有難さが身にしみてわかった。

自分が歩くことに苦労していると、いろんな光景が見えてくる。これほど歩行に悩んでいる人たちが世の中に多いとは、夢にも思わなかった。

街を歩いていると、じつに歩行困難な人が目立つのである。そろそろ歩く人、杖をついている人、腕を支えられて歩いている人などの多さに、びっくりする。

整体やその他の民間療法に頼る人が多いのも当然だ。

それにしても、右側の脚がなんともないのはどういうわけか。思うに半世紀以上、重いバッグを一日中、片側の手だけで持ち歩いてきたことに関係があるのかもしれない。

鏡の前に裸で立ってみる。体が歪んでいるのが手にとるようにわかる。痛む左脚のほうが、右側の脚より明らかに細い。かばっている内に筋肉が落ちたのだろう。

要するに、人はこのようにして自然と衰えていくのである。肉体だけではあるまい。

精神も、脳の働きも、心もまたしかり。

しかし、生きているあいだは、そこを少しでもカバーしなければならない。それが養生というものだ。

養生と健康法はちがう、と私はずっと書き続けてきた。

〈明日死ぬと判っていても、するのが養生〉というものだ。

養生は楽しみである。自分の心と体と対話しながら、いろんな工夫を試みる。それが役に立てば嬉しいし、無駄だったとしても悔いはない。楽しんでやっただけ得をしたことになるではないか。

健康雑誌だの、薬のパンフレットだのには、いろんな体験談が披露されている。すり減った膝の軟骨が奇蹟的に再生した話とか、その他さまざまな実話がテンコ盛りだ。

しかし、私は奇蹟に頼る気はない。奇蹟としか思えないような真実の出来事があり得ることは信じているのだが。

コウモリ傘の効用

昔の老紳士は、よくステッキというものをたずさえていた。あれは恰好つけているのかと思っていたが、実際には歩行を支える実用の具だったにちがいない。コウモリ傘でも、杖のかわりについてみると、たしかに楽なのである。

この数年、脚が痛むようになってきてから、少し世の中を見る目が変ってきたような気がする。スイスイと風を切って歩いていく若者よりも、よろめきながら苦労して歩いている人たちに目がいくようになったのだ。

人は勝手なものである。自分がその立場におかれてみなければ、わからないことばかりだ。

脚が痛む話をしていたら、ある人から叱られてしまった。

「脚が痛いくらいが何ですか。世の中にはもっともっと大変な人たちが沢山いるんですよ」

言われてみれば、その通りだ。痛むのが片方の脚だけというのも有難いことである。

一病息災という言葉もあるではないか。

もう人に愚痴はこぼすまい、ましてそういうことを書いたりすることはやめよう、と心に誓う今日この頃であった。

右へ左へブレながら

右往左往しながら生きている。この歳になっても、きょうは勤皇、あしたは佐幕だ。政治や経済、などといった大局的な話ではない。身のまわりのこと、特に健康に関しての情報に右顧左眄《うこさべん》しつつ、迷い道クネクネ。

先日、コンビニで歯間ブラシを買っているところを見られて、友人に笑われた。

「なんだい、まだ歯間ブラシなんか使ってるのか」

さすがにむっとして反論する。

「なにを言う。ちゃんとした専門医が、歯間ブラシやデンタルフロスの使用を強くすすめてるんだぞ。歯ブラシでゴシゴシこすったぐらいじゃ駄目なんだと」

「古い。おくれてる！　いいか、歯と歯の隙間を歯間乳頭という組織が埋めているのが人間の歯というものだ」

「ニュートー？」

「歯のあいだにもオッパイがあるんだよ。それのおかげで歯と歯の隙間に物が引っかからないですむんだ。それを歯間ブラシやデンタルフロスを差し込んでゴシゴシやると、歯肉のオッパイがすりへって、どんどん隙間が広がってくる。理屈だろ」

「へえ、こするとオッパイはすりへるのか。おれはまた逆だと思ってた」

「こすれば大きくなるのは――、なにを言ってるんだ。とにかく健康問題は日進月歩だからな。平成の常識は既に非常識、いまは令和の時代なんだぞ」

言われてみれば確かにそうだ。昭和の頃には、卵は一日一箇まで、というのが常識だった。何箇も食べると目が悪くなる、などと迷信めいたことを言う年寄りもいたものだ。

それが平成になって、炭水化物はいけない、肉を食べろ、脂質はうんととれ、卵は何箇たべても平気、などと逆転する。

そして令和になると、再逆転、卵は一日に一箇、多くても二箇まで、という話になった。

ほどほどが一番か

スクワットさえしていれば大丈夫、という極端な説に対して、これまた極端な反論がである。スクワットは体に悪い、ジョギングもウォーキングも問題あり、というのだ。最近では果物は体に良くない、という説が広がりはじめている。そのうちタバコは体にいい、などといいだすのではあるまいか。これは冗談ではない。科学や医学の世界でも、それまでの常識が逆転することは少くないのだ。

「なにごとも中庸ってことだな。ほどほどが一番。結局はそういうことだろ」

と、したり顔をするのが癪《しゃく》にさわって、

「じゃあ、選挙はどうする。与党と野党の中庸ってどこなんだい。ほどほどの党に投票するには、どうすりゃいいんだい」

「選挙と健康はちがう」

「中庸ってのは、なににでも通用する真理じゃないのかね」

あとで専門家にたずねたところ、歯間ブラシやデンタルフロスが問題なのではない、という話だった。

加齢やその他の理由で歯間ニュートーがすりへって隙間ができている人は、細目のブラシを優しく使う。デンタルフロスも力まかせにゴシゴシやらないことが肝要、というのが正解のようだ。

しかし、よく考えてみると、右往左往というのも、そう悪いものではないような気がしないでもない。右へブレ、左へブレしても、それはそれで結果的には前進していることになる。人の生き方などというのは、そういうものではないのか。真っすぐに一直線を行く人生なんて、何となく味気ないような気もするのだ。

スイングする親鸞の軌跡

私は横断歩道を渡るときに、習慣にしている動作がある。たとえ青信号であっても、すぐに歩きだしはしない。動く前に、右を見て、左を見て、さらにもう一度、右を見てから渡るのだ。右、左、右、と、ちらと目を走らせるだけだから一瞬の動作で、べつに面倒でもなんでもない。まさに右顧左眄そのものである。それでも一瞬、ひやりとすることがある。

人は誰でも一本道を真っすぐ歩いているわけではない。右へブレ、左へブレしながら結果的に目標をめざす生き方もあるのではないか。

よく新聞記者などから、「親鸞の思想って、ひとことで言うとどんなものですか」と質問されることがある。そんなときには、

「それは親鸞の何歳の頃の思想でしょうか」

と、きき返したりする。親鸞も揺れ動きつつ歩いた人だ。スイングする親鸞の軌跡をひとことで言いあらわすのは至難の業である。

学問と修行に打ちこんだ時期もある。他力に帰依したときもある。流罪になって北陸に住んだとき、関東へ移住した時期、京都へ帰った晩年。生涯をつらぬく一本の道はあってても、そのときどきに揺れ動くのが生きた人間の姿だろう。

人の親としての顔もあり、師父としての姿もあった。しかし、親鸞には右往左往しつつも、それをつらぬく一本の太い棒のごときものがあった。そこが違うのではないか。

右往左往することは人間の本性である。問題はそのまま右か左へ突っ走ってしまうことだ。そんなことを考えながら、糸の切れた凧のように令和の時代を生きている。

養生は健康法にあらず

うまいものは体に悪い

食べものが体をつくるというのは真実である。人は食べないと死ぬ。しかし食物だけが人を生かすわけではない。呼吸も必要だ。水も飲まないといけない。運動も大事だろう。それを数えあげればきりがない。

話を広げれば、愛情や生き甲斐なんてものも出てくる。

しかし、とりあえずここでは食べものにしぼって話を進めることにしよう。

先日、ある専門家のかたの健康に関する本を読んでいたら、食べてはいけない食物の例の一覧が紹介されていた。これを眺めていて、すこぶる虚無的な気分になった。エビデンスにもとづいた科学的な資料だというからなおさらだ。〈避けるべき料理の例〉として、次のような品が列挙されている。

〈トンカツ〉〈シューマイ〉〈焼き肉〉〈天ぷら〉〈角煮〉〈ハンバーグ〉〈カレー〉〈ビーフシチュー〉〈つくね〉〈ビーフストロガノフ〉〈揚げ出し豆腐〉〈肉じゃが〉〈肉豆腐〉

〈メンチカツ〉〈コロッケ〉〈餃子〉〈厚焼き卵〉などなど。

　思わず絶望的になってくる。その著者の論旨がすこぶる納得のいくものであるだけに、衝撃が大きかった。これらの食べものが健康の敵なら、私はもう明日から生きていくのは無理だと思う。ほとんど私の食生活のすべてを網羅したリストではないか。

　私はカレーライスが好きだ。一日三回カレーが出ても文句は言わない。旅に出ると、その土地独特のカレーを食べるのを楽しみにしている。

　広島では牡蠣カレー、北海道ではマトンカレー、先週は山形新幹線のさくらんぼ東根駅で、さくらんぼカレーというのを食べた。

　さくらんぼ東根駅というのは変った駅名だが、実際にあるのである。天童の一つ先の駅だ。その近くの河北町という町に呼ばれて講演をした帰りに、列車を待つ時間があったので食べた。お味のほうは、お値段なりというところか。

　いずれにせよ、このリストはひどい。それでは一体、なにを食べろというのか。

こころを支える食べもの

　食べものは体をつくるものだが、それはまた心を支えるものでもある。

私は二十歳のとき、アルバイト先の日暮里の製本屋で、生まれてはじめてカツ丼というものを食べた。経営者の奥さんが、残業のあとに出前をとってくれたのだ。

そのとき、世の中にこんなに旨いものがあるのか、と心が震えた。いつの日かカツ丼を毎日食べられるような社会的地位を獲得しようと、そのとき固く心に誓ったことを今でも忘れない。

餃子は北方民族系の食べものである。現地ではもっぱら焼き餃子ではなく水餃子を食する。ロシアのペリメニなどもそうだ。戦後、満州からの引揚者の手によって到来したという説もある。私は今でも餃子だけをおかずに食事をしたりする。

一九五〇年代、新宿駅ちかくのマーケットのラーメン屋で、若い衆が、

「ハーイ、タンメン一つ《イーガ》！　餃子《チャオズ》二つ《リャンガ》！」

などと、景気のいい声を張りあげる店があって、仕事の帰りによく立ち寄ったものである。

ちなみに、かつて新宿は、私たち一家の仕事の場だった。一家といっても反社会的グループを構えていたわけではない。弟が駅前のビルの地下にある「巴里」という酒場でバーテンダーをしており、妹は紀伊國屋書店近くの喫茶店のレジをやっていたのだ。私

も二丁目の事務所で働いていた。

そんなわけで新宿は私たち一家にとって働く場所であり、遊ぶ街ではなかったのだ。インとアウト、という昔はやった言葉を使えば、私たち一家は新宿ではインに属する人間だったのである。

いいことずくめは無理

そんなわけで、作家として食べられるようになってからも、あまり新宿で仲間とつるまなかったのは、お客さんの側の気分になれないからだった。

ストリップを観にいくにしても、新宿フランス座より池袋フランス座のほうが気が楽だった。当時、池袋フランス座のスターだった斎藤昌子などというアーチストは、今頃どうしておられるのだろう。

話が食べものから横にそれてしまった。最初の問題にもどすと、結局、おいしいものは体に悪い、ということだろう。

酒も、煙草もそうだ。世の中、すべてそうなのかもしれない。

要するに人生とは、なにかを犠牲にしなければいい目にはあえない、ということではあるまいか。両方いいことずくめ、というのはそもそも無理なのだ。

「どうして私はこんなに美しく生まれたんでしょうか」

と、真剣に悩んでおられた女性がいらした。嘘でも冗談でもない。私から見ると、それほど悩む必要もないような容貌に思われたが、そこは主観の相違だろう。

さて、体に悪い食べものの話だが、ここで食生活を変えたところで良い結果がえられるものだろうか。永年の食生活が今の自分の体を作りあげてきたのである。これから大人になろうという年頃ならともかく、ここまできて別な生き方を選ぶことが可能だろうか。それに食べるよろこびを犠牲にしてまで長生きする必要があるか。

うまいものは体に悪い。そう覚悟して食べましょう。

健康・経済・孤独の３Ｋ

以前、３Ｋという言葉が流行ったことがあった。いまでもときどき耳にすることがある。

「キツい」「汚い」「危険」の三つに関係する職業をまとめて、３Ｋと称した。

バブルの時代には、それらしい３Ｋの解釈がうまれた。「高学歴」「高収入」「高身長」と、いかにもバブル期らしい発想である。これを「三高」と称した。

さて、昨今のご時世での３Ｋといえば、どうなるか。

「健康」「経済」「孤独」。

この三つが最近の３Ｋといってもいいような気がする。「経済」とは、要するに「お金」の問題である。

「健康」は昔から常に人びとの関心の的だった。しかし最近の新聞・雑誌・テレビなどでの健康問題の扱いかたは、やはり異常としか言いようがない。

片方のメディアで「血圧の上が一四〇を超えたら、さあ大変！」みたいな記事がでると、一方では「年齢プラス九〇が当り前」みたいな特集が組まれる。するともう一方で「年齢に応じて標準値は変るのが自然」と応じるといった具合で、読者は啞然呆然。

〽どうすりゃいいのよ　この私

と、つい昔の歌のひと節を口ずさむしかないのだ。

私のところにも、健康の秘訣をおききしたい、などというインタヴューの依頼がしばしばある。

「いや、ぼくはぜんぜん健康じゃありませんよ。前立腺肥大に、変形性股関節症、呼吸器にも問題があるようだし、低血圧で寝起きが悪く、以前は片頭痛の持病があって——」

などと、必死で説明してもなかなかきいてもらえない。

「でも、去年、はじめて病院にいかれたとか聞きましたけど。戦後七十なん年ぶりだそうですね」

「いや、それは体調が悪くても病院にいかなかっただけでして。決して健康じゃないんです」

「そこをうかがいたいんです。病院にいかずに暮す秘訣を」

と、押せ押せの一手である。

要するに運がよかっただけ

ジャーナリズムの独断性には、おそるべきものがある。戦後昨年まで、歯科以外の病院に縁がなかったのは、僥倖にすぎない。要するに運が良かっただけなのだ。

交通事故にあったり、虫垂炎になったり、伝染病にかかったり、転んで骨折したりすれば、いやおうなしに病院に直行するしかない。八十歳を過ぎてからは、どこということなく全身ガタガタである。明日にでもどこかの病院にかつぎこまれないともかぎらないのだ。

そうでなくても、この世を去るときはいやでも病院のお世話になるしかない。願わくば、カレーライスの誤嚥などで倒れたくはないと思う。

「養生法についてうかがいたいんです」

と、いう依頼も少くない。

たしかに自分流の養生について何冊か本を出してはいるが、私の養生は趣味である。いわば気やすめの遊びなのだ。

どんなに摂生しても、病気になるときはなる。その辺はじつに不条理なものだ。

それに万人に通じる養生法などはない。各人各様の持って生まれた体質というものがあるからだ。

私は努力が続かない体質をあたえられてこの世に生まれた。性格や資質ではない。体が大きいとか小さいとか、走るのが速いとか遅いとかと同じく、怠け者の体質である。

右往左往も運動のうち

だから、これは良さそうだと新しい健康法を教わると、三日はやる。四日は続かない。しかたがないので、三日ずつちがうことをやることにしている。右往左往も運動のうちだ。

早寝早起きはだめ、朝日はあびない。夜中ずっと起きていて、朝に寝るので、寝る前に朝日をあびてます、などと言ったりするが、もちろんこれは冗談である。

食事は不規則。本や新聞を読みながら食べる。毎日、なにかの締切りを抱えて、ストレスを山のように背おいつつ暮している。

おまけに戦後、一度も健診というものを受けたことがない。

血液型も五十歳過ぎまで知らなかった。ある夏、鈴鹿サーキットを走らせてもらったことがある。そのとき、「事故ったときのために必要なんで」と、無理やり血液型を調べられたのだ。それが何型だったかは、もう忘れてしまった。

私は決して謙虚な人間ではないが、その運にだけは日々、感謝を忘れない。

六十五歳まで交通事故をおこさずに運転生活を終えられたことにも深く感謝している。

老眼鏡を使えば一晩中でも活字を読めることにも感謝している。

「健康」の話だけで話を終えるわけにはいかない。だが、「経済」と「孤独」については、私の頭ではどうもわからないことが多過ぎる。

たとえばビットコインなどというのがわからない。アメリカの国際ミステリなどを読んでいると、国境を超えた巨大なマネー・ロンダリングの手段みたいなことが書いてあったりする。もちろん、これは小説家の勝手な妄想だろう。

だが、国というものが次第に溶解しつつある気配を、なんとなく感じないではいられない。過激なナショナリズムというのは、そういうときに活気づくものなのだ。ビットコインが国際政治を動かす時代がこないともかぎらないのである。

とかく生きることは難しい

十数年前のことになるが、『百寺巡礼』という番組の企画で各地の寺を巡拝した。なにしろ百カ寺だ。忘れることのできない思い出が数多くあった。

暑さが続くと、寒い日のことを回想する。雪の日に福岡の禅寺を訪れたときの記憶をたぐると、なんとなく涼しい気分になるのである。

霏霏《ひひ》として降り積む雪の中、素足に草鞋《わらじ》ばきで托鉢に出てゆく若い僧たちの姿に感動した。襟元に一陣の冷気が感じられるのだ。

ひどく寒い日には、逆療法で、ある山寺で水垢離《みずごり》の行に打ちこんでいた修行僧のことを思い出したりするという手もある。

そうでなくても山中、寒気の立ちこめる水際だ。その冷水を桶に汲んで、頭からかぶるのである。くり返しくり返しそれを続ける。すると、冷えきったはずの体から、白い湯気が立ち昇ってくる。見ているほうが体が凍りそうだ。

行を終えた若い僧に、マフラーの襟に首を埋めてたずねてみた。

「この寒さの中で、冷くないですか」

「冷いです」

と、その若者は言った。そして照れたように苦笑しながら、こんなことを教えてくれた。

「寒中に冷水をかぶるコツは、水をそっとかけないことです。逆に体にぶっつけるようにかける。水に体を打ちつける感じでやれば、意外に平気なんですよ」

なるほど。

中途半端におそるおそる水を浴びてはいけない。むしろ立ち向うような気分で、水に体ごとぶつかっていく。

なんとなく私が納得したのは、少年時代の記憶がよみがえってきたからだった。

当時は戦争の時代だった。いわゆる非常時である。常ならぬ時代であるから、現在の常識は通用しない。いまでいうパワハラなどは日常茶飯のことだった。

その一つに、人を殴るという行為があった。教師が生徒を殴る。先輩が後輩を殴る。古参兵が新兵を殴る。教育指導のためとして、めったやたらに人を殴った時代である。

阿吽の呼吸

親が子を殴ることもあったし、夫が妻を殴ることもあった。とりあえず当時は、やたらと目下の者を殴りまくった時代だった。

小学校（当時は国民学校）を出て、中学に入ると、さらに殴られることが日常化した。クラスのだれかが失敗すると、連帯責任ということで全員が殴られる。殴打の一つのスタイルとしてそんなことが横行していたのだ。

殴るほうにも上手、下手がある。熟練した殴り手は、少い力で最大の効果が発揮されるような鮮やかな殴り方をした。

頬げたを平手、もしくは拳骨で殴る。平手ではたく場合は、音が大事だ。パシッ、という音がいちばん痛い。パン、と鳴る場合は大したことはない。

身をよじって反射的に打撃をよけようとすると、殴り手が苛立つ。

「逃げるな！」

と、さらに激しい打撃をみまわれる。要するに殴られるほうも、上手に綺麗に殴られなければならない。反射的に顔をそむけたりすると、耳をはたかれる。ときには鼓膜が破れることもある。殴る側と殴られる側の息が合うことが肝要なのだ。殴る、殴られるの関係が日常化してくると、両者の間に阿吽《あうん》の呼吸というか、一種、美的な殴打が成立する。結局、それがいちばん被害が少くてすむ合理的な方法なのである。

そこで大事なのは、相手の打撃から逃げないようにすることだ。さらに上達すれば、むしろ相手の拳から頬をそらさず逆に迎え討つようにする。

寒中の水垢離で、水に体をぶっつけるように、という話をきいたときに、一瞬、あ、と思った。逃げてはいけない。

「逃げるな！　歯を食いしばれ！　足を開け！」

とリプレイされるのは、下手に逃げようとした連中だった。

なにごとも向っていけば、なんとかなるものだ。中途半端に逃げようとするから厄介なことになる。

「横超」という発想

私は昔、よく風邪を引いたものだった。ゴホンといえば龍角散、ぞくぞくすれば熱さましを飲んで、布団をかぶって風邪をやりすごそうとした。しかし、ほとんど成功しなかった。
のちに「風邪と下痢は体の大掃除。風邪も引けないような体になってはおしまいだ」
という野口晴哉《はるちか》師の言葉に接して、考え方をあらためた。
風邪から逃げない。それを迎えて、すすんで立ち向う。一週間かかっては失敗である。
二日か三日で、きれいに引き終えることが大事だと覚悟したのだ。それ以来、不思議な
ことに余り風邪を引かなくなった。風邪は万病のもと、と不安に思う一方、「早く来い
来い　風邪よ来い」と、口ずさむときもある。
しかし、なにごとにつけ真向から立ち向っていくのは匹夫《ひっぷ》の勇だろう。
「断じて行えば鬼神もこれを避く」というのは、戦時中によく使われたスローガンだっ
た。しかし壁に真正面からぶつかるだけが能ではない。これは難しいと見切ったときに
は、親鸞のいう「横超」という発想に限る。「横ざまに超える」のだ。
とかく生きることは難しい。この年になっても日々、ため息をつく毎日が続く。

ほどほどという事

学生のころ、毛沢東の本を何冊か読んだことがある。読んだ、という記憶はあるが、その内容についてはまったく何もおぼえていない。『文芸講話』かなにかだと思うが、たった一つ頭の端っこに引っかかっている言葉がある。これも曖昧な記憶なので、本当にそんな事が書いてあったかどうか自信はない。

「物事をやろうとするときは、やり過ぎるくらいにやって、丁度いい所に届くものだ」とか、そんな意味の文句だったと思う。

十を目標とするときには、十二ぐらいを狙うという事だ。八あたりで手加減すると、ほとんどうまくいかない、という主張である。

この説には一理あるような気がする。ゴルフをおやりになるかたは、先刻ご承知だろう。パットをする際には、目標を少しオーバーするくらいに、ややつよ目に打つ。カップに合わせて狙うと、まず届かない。つまりショートしがちだと先輩に教えられる。

これは余談だが、もしお坊さんがゴルフをやったらどうなるか。パットに関しては、宗派の特徴がよく出るという阿呆なジョークがある。

日蓮宗系の人が打つパットは、大体、オーバーする。浄土系のほうだと、ショートしがちだ。禅宗系のプレーヤーだと、アドレスが長い。真言宗は目をつぶって、何かとなえる。天台系は何度も何度も距離を確認する。

話がそれたが、古い諺では、

「過ぎたるはなお及ばざるがごとし」

という。「腹八分」というのも、やり過ぎはいけないという戒めだろう。

さて、どうするか。日々の暮しのなかで、どちらにするか決める必要がある。そのときどき、出たとこ勝負ではまずいのではないか。

そんな事で迷っている場面で、どこからか響いてくるのは、

「ほどほどがええんじゃ」

という逆らいがたい声である。

「なにごとも、ほどほどにのう」

そうだな、やはりほどほどが一番だ。そうするのが無難というものだ。そう自分に言

いきかせて、中途半端に生きてきた。

硬軟二種の方策

私自身は、天与の性格からいえば、行き過ぎに傾くタイプである。ビタミンCが体にいいといえば適量の何倍も摂取し、ビタミンCは結石のおそれがあると聞けばピタッとやめてしまう片寄った性格だ。ほどほど、というのが中庸ではなく、振り子のように動いた結果なのである。

バナナが体にいいと聞けば、毎日バナナを食べる。まるで猿だ。それでいてバナナには問題があるという記事を読めば、まったく手を出さなくなる。

朝日を浴びるのが健康のもと、とはどんな専門家でも説くことだ。しかし、私は朝日を目にすることなくこの齢まで生きてきた。

食べものはよく嚙んで食べろ、という。私も若い頃は必要以上に咀嚼してものを食べていた。だが、あるときふと考えた。体は使わなくなると衰える。老人が動かないとフレイルとかいう弱々しい状態になるという。

丁寧に嚙んで食べるのはいい。しかしドロドロにして飲み込んで、胃はどう受けとめるのか。どんな厄介なものでも消化するというのが、胃の天職だろう。過保護にした胃は、本来の野性的な能力を失って、衰えてしまうのではないか。

そこで私が試みたのは、硬軟二種の方策だった。すなわち一週間に五日は、よく嚙んで食べる。土曜、日曜は、ほとんど嚙まずに食物の原形を残して飲み込む。

〈胃よ、目覚めよ！　惰眠《だみん》をむさぼるな！〉

と、いうショック療法だ。

振り子のように左右にブレても、結果としてはほどほどにおさまるといういいかげんな生き方である。

行き過ぎる、または、まったくしない、その二つの中間をとるのではなく、両方をやることで、結果的にほどほどになる、というのが私の選んだ道だった。要するに、あるときは過激に、また、あるときは控え目に、という両面作戦だ。

仕事をするときには、狂ったように不眠不休でやる。怠けるときには徹底的に何もしない。食事さえも抜かすことがある。

年代と食事量の変化

食事といえば、以前、こんなことを書いたことがあった。

腹八分というのは三十代の中年の食事の目やすである。食事の量は年齢とともに変化するのが自然だ。

十代の少年期には、腹十分。食べるだけ食べればよい。

二十代で、腹九分。ドカ食いの必要はない。三十代で、やっと腹八分。この辺がバランスのとれた年頃だ。

四十代では、腹七分をおすすめする。少し控え目、といったところだろうか。五十代、ここは腹六分にしたほうがいい。それほど栄養をとらなくても十分だ。

六十代になると、腹五分をめざす。

七十代。これは少々我慢のしどころである。腹四分、といったところだろうか。

八十代はいま私がさしかかっている時期だ。ここでは、腹三分と覚悟する。実際に私はいま、ちゃんとした食事は一日一回で、あとは間食の感じで何かつまむ程度だ。

九十代になれば、腹二分で十分だろう。自然にそうなるような気がする。

百歳以上は、腹一分。あとはカスミを食って生きればよい。これが私の考えるほどほどなのだが、たぶん非常識と笑われるのがオチだろう。

健康法と養生の間には

生きづらい世の中である。

こういう時代を生き抜くためには、それなりの心構えが必要だ。

一九五〇年代、まだ全共闘ではなくて全学連が幅をきかせていた時期のことだが、『若者よ』という歌が学生たちの間で大流行したことがあった。

〽若者よ　からだを鍛えておけ
美しいこころが逞しいからだに
からくもささえられる日が
いつかは来る
その日のために
からだを鍛えておけ　若者よ

（作詞・ぬやまひろし）

その頃、私は二十歳になるかならないかの若者だった。当時のことを思い返すと、ギャッと叫んで逃げだしたくなる。青春とは、そういう気恥しい季節なのだろう。それから六十余年が過ぎた。そして最近、どういうわけか、昔の青臭い歌の文句がふと頭によみがえってくるのだ。ただし、その歌は『若者よ』ではない。『オッさんよ』でもいいし、『ジッちゃんよ』でもいい。

〽ジッちゃんよ
からだを鍛えておけ
くたびれたこころが
たよりないからだに
からくもささえられる日が
いつかは来る
その日のために

からだを鍛えておけ
ジッちゃんよ

年月とともに体は衰える。体が衰えれば心も衰える。これは自然の理法《ことわり》である。しかし数え九十歳にして傑作を残した葛飾北斎や、同じく九十歳で没するまで仕事をした親鸞のような先達もいらっしゃる。七十、八十で諦めることはないだろう。

筋肉は減少し、視力、聴力が落ちたといえども、まだまだ先があるではないか。体がどうにかなる限り、精神もなんとかなるのだ。

遊び半分でやるべし

「それは健康が大事ということですか」

と、齢《よわい》六十に達した若造が私にきいた。

「いい年をして、いまさら健康法でもないでしょう」

「健康法というのは私は嫌いだ。養生と言いなさい」

「どっちでも同じことじゃないですか」

「ちがうね。健康法は必要に迫られてやるものだが、養生は趣味だ。道楽と言ってもいい」

「へえ。趣味なんていうと、遊び半分みたいにきこえますけど」

「そこがいいんだ。申訳ございません、趣味で養生やらせてもらってます、みたいな感じかな」

「それじゃあ、本当に遊び半分じゃないですか」

「そうそう。その遊びというところがいいんだよ。だから、明日死ぬとわかっていてもやるのが養生、ということになる」

「たとえば?」

「しょっちゅうコロコロ変るんだけどね。最近やってるのは、マフラーを腹に巻いて寝る」

「マフラーは首に巻くもんでしょう」

「べつに法律で決まってるわけじゃないだろ」

　何かの記念に戴いた上等なカシミアのマフラーである。これを腹に巻いて寝るようにしてから、胃腸の具合がすこぶる良くなった。

あとは貧乏ゆすりと、ため息だ。これは三十年前からやっている。机の前に坐りっぱなしで仕事をするので、どうしても足腰が弱ってくるのだ。健康法の本には、時計のアラームをかけて、三十分おきに起ち上って動くようにと書いてあるが、そんなことをしていたのでは文章は書けない。

仕事を中断するかわりに、ずっと机の下で貧乏ゆすりを続ける。ときどき行き詰ったら、あーあ、と大きな深いため息をつく。小さなため息では意味がない。三秒で息を吸い、十五秒ぐらいかけて大きく長く吐く。

超大スターの言葉

この四、五年、ずっと左脚の不具合で悩んでいた。変形性股関節症というものらしい。いろいろ診てもらったり、民間療法もためしてみたが、はかばかしくない。仕方なしに、自己流であれこれ試みてみた。すると二カ月目ぐらいから、なんとなく少し痛みが軽くなったような気がしてきた。

ヒントは先日、雑誌で対談した鳳蘭さんのアドバイスである。鳳さんとは三十九年ぶりのご対面だった。私が脚のことを話すと、即座に、これをおやりなさいと実演してみせてくれた。ヒョイヒョイと爪先立ちしては踵をおろす、これだけ、と故・竹村健一さんの口調である。往年の超大スターの言葉だけに説得力があった。

これを朝晩、歯を磨くときに百回ずつやる。ただしちょっと我流の工夫をくわえて、踵を床に落とすときに、トン、トン、と軽い衝撃をあたえつつやるようにしたのだ。

しかし養生というやつは、半年ぐらい続けてようやく変化に気づくものである。一、二カ月ためしたぐらいで効果が出るほど甘いものではない。これが効かなければ、また新しい方法にチャレンジする。

さて、はたして今後どうなりますことやら。

コロナの風に吹かれて

うつらぬ用心　うつさぬ気くばり

　新型コロナウイルス蔓延のせいで、このところマスクをしないで外出すると、なんとなく白い目で見られるようになった。タクシーの運転手さんも、店員さんも、駅員さんも、みんなマスクをしている。

　いわゆる風俗店の人たちはどうなんだろうか。女性も客もスッポンポンで、マスクだけをしているシーンは想像できない。事前にアルコール消毒はするのだろうか、などと妄想はつきない。

　永井荷風はものすごく神経質で、常に手を消毒していたと聞いたことがある。本当だろうか。もしそれほど清潔好きなら、濹東あたりの岡場所に出没することはなかったのではあるまいか。

　昔、といっても戦後も昭和三十年あたりまでは、正規の遊郭や赤線が存在した。地方の都市でも花街の裏には色街があった。売春防止法が発効した日は、そんな店で蛍の光が流れたという話もある。

あるとき、地方の催しに参加したら、そういった昔の色街のホテルに泊められたことがある。表のたたずまいからして、往時の趣きがあったが、トイレの壁に古い標語がそのまま残っていたのにはびっくりした。クレゾールの匂いのするトイレの壁の、〈消毒！〉と書かれた文字の下に、

〈うつらぬ用心　うつさぬ気くばり〉

という文句が色あせたまま読めた。けだし名コピーである。最近の新型肺炎の流行にはぴったりの標語ではあるまいか。

最近、こういう事を書くと、不謹慎だとか、不真面目だとかいって叱られそうな気配がある。

かつて「一億一心」という時代があった。ふざけたことを言ったりすると、すぐに「非国民！」という声がとんだ。いまでいう炎上である。

コロナウイルスに感染して亡くなったかたがたの年齢を見ると、圧倒的に高齢者が多い。昔から手洗い、うがいなどの習慣のない私も、周囲にうるさく言われて外から帰ってくると、一応は手を洗うようになった。

妖艶なマスク美人

カフェに坐って行きかう人々の姿を眺めているうちに、ふと不遜なことに気づいた。マスクをしている女性たちのなかに、じつに風情のあるかたと、そうでない実用的な感じのかたがいらっしゃることだ。

マスク美人、とでも言うのだろうか。隠せばなお魅力が漂う妖艶な女性がおられて、ああ、このかたは一生マスクを外さないでいただきたい、と思わせるような女性も少なくないのだ。

この場合のマスクは、あまり大きくないほうがのぞましい。顎の下まですっぽり隠れるような巨大マスクをされているかたは、おおむね衛生的な雰囲気だ。

これは決して差別的な発言ではない。マスクの選び方、つけ方一つで、ガラリと印象が変るのである。

ふだんは誰もがふり返るような美しい人が、実用的な四角い巨大マスクをはめた瞬間に、くすんだ無個性な女性に変ってしまうこともあるからだ。浮世絵の名人がいま生きていたならば、妖艶なマスク美人の姿をきっと描いたにちがいない。

濃厚接触という言葉に、やたら興奮している男がいた。

「きみが陽性でもかまわない、キスしよう、と言ったら、きっと彼女は感動するんじゃないかな」

などと独りで悦に入っている。どうしようもない非国民だ。ただの公害物質あつかいされるのが落ちだろう。

冗談を言っている場合ではない。とりあえず、〈うつらぬ用心　うつさぬ気くばり〉だ。

外出から帰ると、手洗いだ。私はこのところ脚が不自由なので、階段の登り降りにはどうしても手すりにつかまる必要がある。

「その手すりが一番あぶないんです。ウイルスがびっしり貼りついているんですから」

と、眉をひそめて忠告してくれる人もいる。

免疫力のちがい

昔、免疫学の大家であった多田富雄さんとこんな話をしたことがあった。

「同じ給食を食べた小学生のなかで、O157に感染した子と、平気だった子供がいましたね、その差はなんですか」

「それは免疫力のちがいでしょう。幼い頃からしょっちゅう手洗いをして、清潔に育った子供は免疫力が弱いことが多いですから」

まあ、冗談まじりの話ではあったが、一面の真理ではある。

前にもこのコラムで書いたことがあるが、くちゃくちゃ噛んだガムの貸し借りなど終戦直後は当たり前だった。

「ガム貸して」

「うん」

と、口の中からとりだしたガムを女の子に手渡す。しばらく噛んでから、

「ありがと」

と、返したガムを口にもどす。私たちの世代の免疫力は、そんなふうに育成されてきた。濃厚接触どころの話ではない。

「そんなことを言って強がっていても、お亡くなりになるのは高齢のかたがほとんどですからね」

と、あっさり一蹴されて、そそくさと手洗いにはげむのも情《なさけ》ない。一日も早く、こん

な非常時態勢からは解放されたいものだ。皆さん、手洗いにはげみましょう。「うつらぬ用心　うつさぬ気くばり」です。

世の中一寸先は闇

新型コロナウイルスの蔓延はとどまるところを知らない。

中国がやっと下火になったと思えばヨーロッパである。イタリア、スペインなどでも大騒ぎだ。東京オリンピック危うし、というひそひそ話も、最近ではかなりおおっぴらに論じられるようになってきた。

街を歩いている人たちの姿も少ない。きのう乗ったタクシーのドライバー氏は、「きのうは売上げが八千円しかなかった」と嘆いていた。

株価の下落はともかく、いろんな業界で悲鳴のような声があがっている。中止になった公演や催しものの払いもどしも、びっくりするほどの額になるらしい。休業したり早くしめる店も多く、夜行性の私などにとっては世の終りみたいな感じである。

この調子では新型ウイルスの流行がなんとか食いとめられても、令和不況が訪れるだろうことは間違いない。思いがけない災難に見舞われたものだと、つくづく思う。

私個人のライフスタイルにも大きな影響があった。ふだん手を洗ったりする習慣のなかった私が、外出から帰ってくるとちゃんと石鹸で手を洗うようになったのだ。

さらに注意されて改めた習慣に、指をなめる動作があった。

旧世代の人間は、やたら指をなめる癖がある。紙幣を勘定するときや、新聞のページをめくるとき、名刺の束から自分の名刺を探しだして相手に渡すとき、などなど、ついペロリと指をなめてしまうのだ。加齢によって指の潤いが失われたこともある。文庫本の薄いページをめくるときも無意識に指に唾をつけたりする。

「それだけは絶対にやめてください」

と、事務所のスタッフに言われて気をつけてはいるものの、つい反射的にやってしまうのが危ないのだ。

考えてみると、唾液のついたお札や名刺を相手に渡すなどというのは、コロナに関係なくても恥ずべき行為だろう。唾液に特に神経質になっている昨今、絶対に慎しまなければならない陋習《ろうしゅう》である。

マスクの効用

とはいえ、何十年という歳月の間に身についた癖というものは、そう簡単に直るものではない。では、どうすればよいか。

ここで思いがけず役に立ったのがマスクである。物を食べるとき以外は、絶対にマスクを外さない。たとえ新聞のページがなかなかめくれないときでも、わざわざマスクをずらして指をなめることはしない。

そんなわけで、家にいようが外出しようが関係なく、常時マスクをつけて歩くことにした。

夜、寝るときもマスクをつけて眠る。おかげで夜中に鼻の乾きを感じることもなくなった。

しかし、この調子でいけば、たとえコロナウイルスが去った後も、ずっと永遠にマスクを手放せなくなるかもしれないではないか。

いまでさえもコーヒーを飲むときに、いちいちマスクを外すのが面倒なので、かけたまま顎のほうへ押しさげて飲む始末。

こうなると気になるのがマスク不足の現状である。専門家の先生は、マスクは一日に三、四回、新しいものに替えることをすすめておられるが、そんなことをしたらどうなる。一カ月に百枚以上、一年で千数百枚のマスクを用意しなければならないではないか。

今、この原稿もマスクをかけたまま書いている。ページをめくるときに、指に唾をつけたりしたら担当の編集者が怖がるだろう。しかし、ご安心あれ。原稿はファックスで送稿する。ベタベタ唾をつけた原稿でも、ファクシミリから感染する心配はないはずだ。

想定外は起こるもの

こんどのコロナウイルスの流行は、じつにさまざまな影響をこの国におよぼした。ウイルスをおさえこめば、それでOKというわけにはいかないのである。

〈世の中は、いつ何が起こるかわからないものだ〉

と、いう当り前のことを忘れていたような気がするのは私だけだろうか。

将来の計画や予定などというものが、どれほど不確実であやういものであるかが露呈したのだ。

専門家の理論は、予想外のハプニングや天変地異などを考慮に入れない学説である。

偶然をくわえたら学問が学問でなくなる。したがって将来の経済や社会の予測は、偶然を入れない理論である。ハプニングは想定外ということになっている。占いは学問ではない。

しかし、想定外のことは起こるものだ。南海トラフの地震は、将来まちがいなく発生するとされている。しかし、起こらないかもしれないし、他の思いがけない場所で発生するかもしれない。

要するに一寸先は闇なのだ。だが、そんなことを思っていては行動できない。『徒然草』を書いた兼好法師は、「明日なにが起こるかわからない、などと考えているようでは金儲けはできない」と言った。明日もあさっても「世の中はこのまま続く」と考えよ、というわけだ。

たしかにその通りだとは思う。直下型地震がいつくるかわからない、などと心配しているようでは高層ビルなど建てられるわけがないではないか。

今回のコロナウイルスの発生は、確実に大きなダメージを世の中に残した。単なる疫病の流行をこえて、長くその影響が残りそうな予感がある。令和ははたしてどんな時代になるのだろうか。

生き抜くヒント

この連載コラムの通しタイトルを考えてくれたのは、じつは編集部のAさんである。最初は少し抵抗があった。むかし、『生きるヒント』というシリーズを書いた記憶が残っていたからだ。

「生きる」はともかく、「生き抜く」という強い語調に首をひねるところがあった。私は『風に吹かれて』フラフラ生きるタイプの人間である。生きるという事に関しても、常に自力の限界を感じながら暮してきた。

国家とか、時代とか、そういった大きな力の前には、個人の命などはかないものだと、敗戦以来ずっと思ってきたのである。なにがなんでも生き抜こう、などという強い意志など自覚したことがなかった。

しかし、このところ新型コロナ騒ぎで、世界が『戒厳令の夜』ふうな感じになってくると、なにかひしひしと緊張するところがある。

伝染病の怖さは、身にしみて知っている。敗戦後、北朝鮮に取り残されて、旧満州からの避難民と暮していたときは、発疹チフスが大流行した。延吉《えんきつ》からの集団に多く発病者がでたので、みなは延吉熱と呼んでいた。

そのときは、意外なことに高齢者よりも、若い人や赤ん坊がバタバタ死んだ。そこが今度のコロナ騒動とはちがう。

このところ亡くなられたかたがたの年齢を見ていると、ほとんどが高齢者である。

以前、マンガで「老人駆除部隊」の話があったのを思い出した。『嫌老社会を超えて』という本を出したのはその頃である。「嫌老」という見えない世の中の空気に触発されてつけたタイトルだが、あまり話題にはならなかった。

しかし、どこかに「嫌老」という社会の雰囲気が漂っていたことは事実である。

「若い人は感染しても風邪みたいな感じで軽くすむんだよね」

と、いった軽率な会話をきくことが多い。実際にそうなのかもしれない。体力、免疫力の落ちた高齢者が重症になるのは当然だろう。

『マサカ』の連続

ネットで話題の三コママンガに、高齢者をかついで青息吐息の若者たち、そして次がコロナで一掃される高齢者層、最後が残った若者たちが万歳しているのがあると聞いた。まさに「嫌老社会」の到来である。

こうなれば意地でも罹患したくない、と思うのは私だけだろうか。そこでにわかに「生き抜く」の語感がリアリティーをおびてくるのである。この「生き抜く」というタイトルを提案した編集者は、今日あるを予想していたのかもしれない。

そういえば、新潮新書の『マサカの時代』という奇妙な題名の本も、その人の担当だった。オビの文句は、〈あらゆる予測は外れる。〉というメインコピーにつづいて、
〈世の中も、人生も、「ありえない」への心の構え。〉
となっている。

たしかに昨今の世の中は『マサカ』の連続だった。首都封鎖や非常事態宣言などが論じられる事態を、誰が想像しただろう。

まもなく八十八歳に手のとどく老作家としては、意地でもコロナウイルスなどにやられたくはない。しかも『生き抜くヒント!』などと厚かましい題の連載をやっているからには、死んでも感染するわけにはいかないではないか。

とはいうものの、部屋にじっと閉じこもっているのは、私のもっとも苦手とするところだ。仕事の半分は人と会ったり、喋ったりする時間である。お互いマスクをして、二メートルほど離れていても安心はできないのである。

世の中が病んでいるとき

そういえば先日、新聞の朝刊をひろげたら大きな広告が出ていてびっくりした。『大河の一滴』といえば、二十数年前に私が出した同名の本があるではないか。すこしムッとしてよく見ると、私の名前が目にはいった。

そういえばこの一カ月あまり、版元の担当者とはまったく会っていない。電話で話したおぼえもない。

再版、重版は出版社の権利である。いちいち作者に断る必要もないし、重版通知がとどくのは作家にとってはなによりも嬉しいニュースである。

まして二十何年も昔の本となれば、家出した息子から元気でやっていると便りがとどいたような感じで、作家冥利につきるというものだ。

あわてて近くの書店にいって、一冊買ってきた。もちろんマスクをしてである。帰ってきたらすぐ手洗いだ。

ベッドに寝そべって、カバーを外して自分の本を読む。二十数年前の文章である。ほう、こんなことを書いていたのか、と無責任なことを考えながら過ぎ去った歳月を実感した。本体価格、一四二九円というのは発売当時と同じ値段である。いまは四六判ハードカバーで千五百円以下の本は、なかなかないと思う。

この本のサビの部分は〈滄浪の水が濁るとき〉という短い一章である。屈原という悩める知識人の話だ。

『大河の一滴』という題名は、道教学者の故・福永光司さんから教わった。

〈大河の一滴／大海の一粟《いちぞく》〉

という対句の一行である。

屈原の嘆きは、いまも続く。そして悩めるインテリを諌めるのが、無学な漁師であるところが面白い。しかも唄に託してである。世の中が病んでるときは、足でも洗えという話だが、いまはさしずめ手洗いだろうか。

スペイン風邪が示唆すること

新型コロナウイルスの猖獗《しょうけつ》は、一向に衰えをみせない。

トランプ大統領は、コロナ騒動は峠をこした、これからはさあ経済のたて直しだ、みたいな強気の発言を続けている。

しかし、はたしてコロナ戦争は、そう簡単におさまるものだろうか。

前の戦争のとき、アメリカ軍の爆撃隊は苛烈な波状攻撃をくり返した。空襲警報が解除されてほっとひと安心したとたんに、第二波のB29がやってくる。第三波までやってきて、徹底的な無差別爆撃をやったのは周知の通りだ。

こんどのコロナウイルスの発生に関して、昔のスペイン風邪の話がちょくちょく引合いにだされる。しかし、なんとなくうわべだけの引用で真剣味がないのはなぜだろう。

以前にもこんな事がありました、みたいな感じなのである。

私もスペイン風邪については、なんとなく耳にしてはいた。だが、それほど関心があったわけではない。こんどの騒ぎでその実態を知ってびっくり仰天したのだ。

あらためて書くまでもないが、スペイン風邪とは、インフルエンザウイルスA型による疫病である。一九一八年から一九年にかけて衝撃的なパンデミックをもたらした。資料によっては一九二〇年まで、約三年間におよぶ流行ともいわれている。

なによりも私を驚かせたのは、その死者の多さだった。日本人の死者、三十八万人といわれても、すぐにはピンとこない。目を疑う数字である。ちなみにアメリカでは約五十五万人が死亡したという。

今回のコロナウイルスの日米の差は、それとくらべると信じられないほどだ。アメリカの死者は圧倒的に多く、日本での死者は奇跡的に少ないのである。

日本人は清潔好きだから、という説がある。どこの飲食店でもおしぼりを出す習慣が役立っているという話もある。私はそういう説は信じない。おしぼりで手を拭いたあとに、顔までゴシゴシ拭くオッサンをよく見かけるからだ。

日本の医療体制が充実している証拠だ、といわれても素直に納得できないところがある。日本の医療関係者のみなさんの献身的な努力のおかげとも考えられるが、さりとてアメリカの医師たちが手抜きをしているとも思えない。

学習するウイルス

アメリカの死者の数と、日本側のそれとの圧倒的な差は、どういうことなのか。

「当時にくらべて、それだけ日本が進歩したんだよ」

と、同業の友人が言う。

「と、いうことは、アメリカがそれだけ退歩したということかね」

「うーん、まあ、人種的な社会構造の歪みもないわけじゃないと思うけど」

と、どうもいま一つ歯切れが悪い。

スペイン風邪のときの日本の死者、三十八万人。やはり驚くべき事実だ。

スペイン風邪の示唆するところは、ほかにもまだある。一九一八年の春に始まった第一波がおさまった後に、第二波、第三波とリピートしたことだ。

ウイルスも学習する。いったん後退したとみせかけて、安心させておいて次なる攻撃をしかけてくる。

私は医学にも、政治、経済にもうとい一介の高齢者にすぎない。しかし、今後の世界の覇権をきめるのが軍事力ではなく、目に見えないウイルスへの対応のしかたになるのかもしれないという予感がある。

フランスの航空母艦「シャルル・ド・ゴール」でもコロナが発生したという。空母も戦車も典型的な密室・密集空間だから当然だろう。

日本海海戦のゼネラル東郷の快勝は、ロシア艦隊の乗組員の壊血病にあった、という論説もある。しかし日露戦争のときに日本陸軍を悩ませたのが、同じようにビタミンの欠乏でもたらされる脚気《かっけ》であったことは周知の事実だ。戦闘よりも闘病の要素が大きい。

ソーシャル・ディスタンス

今回のコロナ騒ぎで私の生活も一変した。長年の深夜徘徊も開いている店あってのことである。平成の初期には夜明けまでやっている書店があり、食堂があり、映画館があり、カフェがあった。いまは夜八時にはすべて閉店である。これという店も休業しているところが多い。なによりも問題は、外へ出るな、人と会うな、喋るな、という三原則だ。仕方なく、午前中に起きる生活をはじめた。

明るいうちに机に向って原稿を書くのは何十年ぶりだろう。

私はこれまで外出して帰ったとき、手を洗うという習慣をもたなかった。ときには朝、顔を洗うこともしないことさえあった。それが最近、ちゃんと手を洗うようになった。お札を数えたり、新聞のページをめくったりするときに、指に唾をつけることをしなくなった。

コロナウイルスのせいで死亡するのは、おおむね男性の高齢者だ。ことに八十歳以上の死者が目立つ。

昔はよかった、と、ふと思う。ソーシャル・ディスタンスなどという言葉もきかなかった。密集空間の夜の店では、チークダンスなどという非常識な密着行為もあった。『朝まで生テレビ！』は、全員マスクをしてでも、ぜひ生でやってほしい。中継でやるのでは生テレビではないだろう。などと勝手なことをほざきながら、今日も部屋にこもっている。

悲しいときには悲しい歌を

もしも病気に陽と陰があるとしたら、こんどのコロナウイルスはなんとなく陰のタイプのような気がする。

日本だけでも約四十万人が亡くなったというスペイン風邪は、それにくらべると陽の感じがつよい。コロナは湿度と高温が苦手だという説が一時ながれた。初夏から梅雨時の頃には、自然におさまるだろうという楽観的な見方である。

私はもともと根が暗い人間で、とかく物事を悲観的に考える傾向がある。こんどのコロナウイルスも、そう簡単に退散することはないだろうと感じてきた。戦時中、大本営発表のフェイクニュースで、散々だまされた後遺症かもしれない。統計上の峠をこえたのちも、なんとなくジュクジュク尾を引きそうな気がするのである。

外地で敗戦を迎えたとき、なぜか引揚げが進まなかった北朝鮮では、難民のあいだで発疹チフスが蔓延した。当時、延吉方面から脱出してきた日本人難民が持ちこんだというので、延吉熱と呼ばれた伝染病である。そんななかで私たちの気持ちを支えてくれたのは、センチメンタルな流行歌、歌謡曲のたぐいの歌だった。老いも若きも、日がな一日、『湖畔の宿』とか、『サーカスの唄』とか、『赤城の子守唄』などを大声でがなりたてて折れそうになる気持ちを支えたものである。

悲しいときには悲しい歌を、というのは、私のその頃の体験からの考えであった。

公式の引揚げを待ちきれずに、やがて私たちは脱北を企てた。三十八度線を徒歩でこえて、米軍が駐留する韓国への南下を試みたのである。成功したグループもあったが、失敗してひどい目に遭った連中もいた。

私たちは幸運にも三十八度線をこえ、米軍の難民キャンプに収容された。しばらくして仁川へトラックで運ばれ、そこからリバティ船で博多へ着いたのだ。

博多港へたどりついても、すぐに上陸することはできなかった。船内でコレラが発生して、港のはずれに抑留されたのである。コロナ船ならぬコレラ船だ。下手をすると乗船者一同、共倒れになりかねない。

コレラ船の後遺症

夜はすぐ目の先に博多の灯が見える。泳いで行けそうな所に故国があるのに、港外にとめおかれる淋しさといったらなかった。

そんなとき、乗組員の有志が私たちを慰めるために演芸会を催してくれたのだ。

「みなさん、いま内地ではこんな歌が流行っているんです」

と陽気な口上とともに『リンゴの唄』が披露されたが、なぜかあまり反応がなかった。引揚者たちは、しれっとして聞き流していたようだった。

その晩、演芸会が終ったあと、夜中に甲板でハーモニカを吹いている少年がいた。曲は私たちがよくうたった昭和の歌謡曲だった。いつのまにか二人、三人、と見知らぬ男女が集ってきて、やがて小声でうたいだした。

人はだれでも悲しいときがある。そんなときに心を慰めてくれるのは、必ずしも前向きの明かるい歌ではない。コレラ船のなかで小声でうたった感傷的な歌のことを私は今でも忘れることができない。

「悲しいときには悲しい歌を」

と、いうのはそんな私の後遺症である。

最近、新型コロナウイルスの蔓延するなかで、『上を向いて歩こう』がしきりにうたわれているとNHKが報じていた。「人々を元気にする歌」という感じで取り上げてあったが、あの歌はひょっとして私のいう「悲しい歌」のジャンルにはいるのではないかと思う。

歌詞にある通り、「涙がこぼれないように」耐えて歩くのである。「一人ぽっちの夜」に、「泣きながら歩く」のだ。悲しみをこらえながら、あふれる涙をこぼさないように上を向いて歩く孤独な主人公。

安手の希望や、励ましの言葉は歌詞のなかにはない。永六輔のその詞に、青島《チンタオ》生まれの引揚者である中村八大の曲が、大陸ふうの明かるさをそえて新鮮な歌が生まれた。『上を向いて歩こう』も、また「悲しい歌」であり、また悲しみを越えようとする歌なのではあるまいか。単なる前向きな歌ではない。

カラオケ屋台の歌声

悲しい歌をうたうことで元気がでる、というのは矛盾しているようで本当である。

以前、大阪の美術館にいったとき、近くの道路に屋台が何台も並んでいるのを見た。その屋台からカラオケで演歌をうたう声が流れてくる。聞いてみると一曲百円でうたわせるカラオケ屋台であるという。

まっ昼間から屋台で演歌をうなっている人たちが、その日の仕事にあぶれたオッサンたちだと教えられて、複雑な気分になった。百円というのは、その人たちにとって少ない金額ではあるまい。三分そこそこで一曲うたって、リクエストにこたえてもう一曲うたい、さらに百円。

気持ちよく何曲もうたっていたのでは、その日のドヤ代にもひびくのではないかと気になったものだった。

人はなぜうたうのか。

単なる気分転換や見栄だけではあるまい。明かるい歌でも、悲しい歌でも、生きる気力をふるいたたせるためにうたうのではないか。

悲しい顔をして実は明かるい歌もある。また明かるい曲調で本当は悲しい歌もある。

コロナの時代には、はたしてどんな歌が生まれてくるのだろうか。

ポストコロナの明日へ

新型コロナウイルスが騒がれるようになってから、ほとんど人と会わなくなった。部屋にこもって本を読んだり、原稿を書いたりして一日が終る。運動不足をおぎなうために、近所の公園をひとまわりするのが日課になった。歩数を数えてみたら、約千二百歩あまり。

一日一万歩歩く人もいるというのに情けない限りだ。その千二百歩にしても、杖をついて休み休みの歩行である。

杖を使うようになったのは、昨年の秋ぐらいからだった。数年前から左脚が不自由で、我慢しながら歩いていたのだ。

戦後はじめて病院というところへ行ったのも、脚の痛みに耐えかねてのことだった。生れて二度目のレントゲン被曝を体験し、結果は変形性股関節症ではないかという診断だった。これという治療もなく、体操のパンフレットをもらって帰ってきた。たぶん歩けなくなったら手術しましょう、という意向だったのだろう。

「プールで水中歩行を続けて良くなった患者さんもおられます」

と教えられたが、風呂で足をバタバタやるのが精一杯。

しばらくはちょっと足を引きずるぐらいだったのだが、昨年あたりから杖が必要になってきた。以前のように深夜の街を徘徊することも少くなってくる。

そこへ今度のコロナ騒ぎである。ほとんど外へ出ることなく部屋にこもっていると、ますます歩くのがおっくうになってくる。

そこで一念発起して、一日一回の公園散歩をおのれに課したのである。

ほとんど人気のない公園だが、ときたま背後から追い抜いていく人がいる。だれもが大股で軽快に歩いているのが不思議でならない。

人は普通に歩いているとき、そのことを特別に感謝したりはしないだろう。しかし、足を引きずって歩くようになって、当り前の歩き方ができるということの偉大さをつくづく痛感するようになった。

自動車椅子の空想

私もかつては健脚が自慢だった。室生寺の七百余段の石段を一気に駆け登ったりもしたものである。しかし、これが加齢というものだ。人間は赤ん坊のときには四本、成長して二本、そして老いては三本の脚で歩くという真理に逆らうことはできない。

以前、東日本大震災のときに痛ましい映像をテレビでみた。水が背後から迫ってくるなかを、一人の人影がゆっくり高台へ向けて歩いてくる。先に高台に逃れた人々が、口々に「はやく！　もっとはやく走って！」と必死で叫ぶのだが、その人は一向に急ごうとしない。

いまの私ならその状況がわかる。その人は走れなかったのだ。ゆっくり歩くことしかできない脚の痛みをかかえていたのだと思う。

いつか知り合いの編集者にその話をしたら、

「いや、イツキさんなら大丈夫。そのときには杖を放りだして脱兎のごとく走りますよ」

と、励ましとも皮肉ともとれる言葉が返ってきた。

そのうち車椅子を使うようになるかもしれない、と、ふと思う。そんなときに思い描くのは、新しい自動車椅子のイメージだ。小型で、機能性に富み、手足のように自在に動く。動力は電池で我慢しよう。ハンドリングも自由で、多少の凹凸は巧みに乗りこえられる。時速は三〇キロはほしい。前後に跳ね馬のマークがついている。公園で老人仲間とすれちがうときに、車をとめて短い会話をかわす。

「そうか、こんどはフェラーリにしたのか。加速は凄そうだな」

「そっちはＢＭＷか。ずっと同じタイプに乗ってて飽きないかね」

「おれはこれ一筋さ。タイヤもずうっとミシュラン。そういえば北方の謙さんも相変らずマセラッティだぜ」

などと自動車椅子を並べてお喋りに興ずるのも一興。

その頃には車椅子専用道路などもできて、「七十歳以下乗入禁止」などという看板も出るだろう。

などと空想にふけるのも高齢者の特権である。

消えていく深夜の世界

今回のコロナの大流行が、はたしてどうおさまるのか、いまのところ見当がつかない。スペイン風邪のときのように、第二波の襲来も考えなければならないだろう。

しかし、この出来事を境に、何かが大きく変るだろうという予感はたしかにある。たとえば深夜の世界が縮小していくだろうことはまちがいない。可能性にあふれた深夜の世界。そのつややかな夜が、次第に短くなっていくだろう。

さびしいが仕方がない。世の中は変るものだ。集団密接してデモをやる時代もあった。眠らぬ夜の街もあった。人々が誰と濃厚接触したかを問われぬ時代もあった。そんな時代が変ろうとしている。

感染の危険性が去っても、世間はソーシャル・ディスタンスを強調するだろう。オンラインが日常化して、対面して話すことがわずらわしく感じられるようになるだろう。不要不急の外出は控えるようになるだろう。

深夜に当てもなく彷徨する人々も少くなるだろう。そういう人々を迎え入れる深夜の店も次第に消えていく。ポストコロナの明日は、どことなく淋しい。

コロナの風に吹かれて

新型コロナウイルスの猖獗は、私個人の生活にも大きな影響をおよぼしている。

仕事の面では、四月に刊行される予定だった新刊が二冊、出版延期になった。

それだけではない。全国各地で予定されていた行事、集会など九件がキャンセルになっている。九月、十月の予定もどうやら流れそうだ。合計十二件におよぶ。

私がかかわっている文学賞の授賞式や文化行事なども、軒並み中止となった。合唱団の記念コンサートも延期になったし、東北での「吉里吉里まつり」への参加も無理らしい。ほかにお寺さんや大学での講演も延期になった。

その他、対談やインタヴューなども飛んで、スケジュール表はまっ白である。

よくよく考えてみると、これまで当り前のように走り回っていたことは、すべて不要不急の事だったのかもしれない。

コロナの死者は高齢者ばかりですよね、などとおどす編集者もいて、仕方なしに完全蟄居の生活が続く。小人閑居して何を為すべきか。ここは一つ、禍《わざわい》を転じて生活に革命を起こすしかない、と考えた。

作家生活をはじめて以来、私は完全なる夜行性人間であった。今年で足掛け五十五年あまり、朝寝て夕方起きる暮らしを続けてきた。

夜中の二時、三時に食事をすることなど当り前のことだった。昼間に仕事があるときなどは、眠らずに出かけていく。それを公言し、自負していたのである。

有難いことに横浜や東京には、深夜営業の店が無数にあった。作家、画家、詩人、俳優、映画人、編集者、ジャーナリスト、さまざまな夜行種族がそこで自由を謳歌していたのだ。

渋谷のジァン・ジァンで、午前零時から始めるパフォーマンスをやったり、新宿のコマ劇場で二十四時間講演会などを開催したりもした。

今回のコロナ禍で状況が一変した。夜中に街をうろついても、人がいない。店がしまっている。深夜映画もやっていない。食事をするところもない。昔の仲間は死んでしまったか、家にとじこもっている。

個人的な生活革命

世界が変ったのだ、と感じた。コロナウイルスが去っても、昔の輝く夜の世界は帰ってはこないだろう。オンライン飲み会や在宅勤務に慣れた人たちは、深夜の街を徘徊したりはしない。

今回のコロナをなんとか押さえこんでも、第二波、第三波のおそれもある。ポストコロナなどと浮かれているわけにはいかないのだ。緊急事態宣言が解除されても、それは終戦ではない。休戦である。休戦状態がもたらすものは解放感ではなく、緊張感だ。

コロナウイルスの第二波、第三波は、くるかもしれないし、こないかもしれない。しかし、こなければこないなりに、長く、広く、ビニール質の緊張感が続くだろう。

コロナが引きおこした被害よりも、はるかに大きな変化がそこにおきるはずだ。黄金の夜の時代は終った。

こんな時代にどう生きるか。自分自身が変る必要がある、と私は感じた。生活に革命をおこさなければ。

そこで決断したのは、夜型人間から昼型人間への変身であった。要するに夜更かしはやめて、午前中に起きようという決意である。

そして、四月一日から五月末の今日まで、私は毎日、午前七時に目覚めて、夜は十二時に眠りについている。八十八歳を目前にして、個人的革命をなしとげたのだ。

長年続けた生活習慣を急激に変えるのは危険である、と私はこれまで何度も書いてきた。この生活革命がはたしてどのような結果をもたらすかは、私にもわからない。目下のところは、まだ続いているということだ。はたしてこの生活革命が吉と出るか兇と出るか、私自身かたずを飲んで注目しているところである。

新しい時代の夜明け

さらば夜よ。

私はお前を裏切った。しかしそれは私のせいではない。怨むならコロナウイルスを怨め。夜を見捨てた時代を怨め。

昼型生活の問題点は、原稿が進まないことだ。窓の外に輝く五月の樹々の緑を眺めていると、とても机に向って万年筆を走らせる気にならないのである。

やはり想像力は夜に目覚めるのか。ミネルヴァの梟は昼間には翔ばぬのか。日中はやはりパソコンの世界なのだろうか。万年筆はたそがれに動きだすのだろうか。

半世紀以上も続けた深夜生活を変えたのは、じつは私ではない。私に言わせれば、それは他力のはたらきである。それが今回の新型コロナウイルスを介して私に働きかけたのではあるまいか。

夜型から昼型への転換を、私はさしたる努力もなしにやりとげた。そして二カ月あまりも続いたことが奇跡のように感じられる。

時代が変る。好むと好まざるとにかかわらず、新しい時代へと移っていく。私はその風に押されて生活を変えた。いや、自然に変ったのだ。

そこには何の努力も必要ではなかった。なんとなくおのずから変ったのである。必死で努力しても、できない時にはできないのだ。

しかし、さて、この生活がはたしていつまで続くことやら。明日のことは誰にもわからない。

初出：『週刊新潮』連載中の「生き抜くヒント！」

五木寛之　1932年福岡県生まれ。
作家。『蒼ざめた馬を見よ』で直木賞、『青春の門 筑豊篇』他で吉川英治文学賞。近著に『親鸞』三部作、『孤独のすすめ』など。

Ⓢ新潮新書

880

生《い》き抜《ぬ》くヒント

著 者　五木寛之《いつきひろゆき》

2020年10月20日　発行

発行者　佐 藤 隆 信

発行所　株式会社新潮社

〒162-8711　東京都新宿区矢来町71番地
編集部(03)3266-5430　読者係(03)3266-5111
https://www.shinchosha.co.jp

印刷所　錦明印刷株式会社

製本所　錦明印刷株式会社

ISBN978-4-10-610880-8　C0210

Ⓢ新潮新書

248
「痴呆老人」は何を見ているか
大井玄

われわれは皆、程度の異なる「痴呆」である——。人生の終末期、痴呆状態にある老人たちを通して見えてくる、「私」と「世界」のかたち。現代日本人の危うさを解き明かす論考。

713
人間の経済
宇沢弘文

富を求めるのは、道を聞くためである——それが、経済学者として終生変わらない姿勢だった。経済思想の巨人が、自らの軌跡とともに語った、未来へのラスト・メッセージ。

740
遺言。
養老孟司

私たちの意識と感覚に関する思索は、人間関係やデジタル社会の息苦しさから解放される道となる。知的刺激に満ちた、このうえなく明るく面白い「遺言」の誕生！

752
イスラム教の論理
飯山陽

コーランの教えに従えば、日本人は殺すべき敵であり、「イスラム国」は正しいイスラム教徒である——。気鋭のイスラム思想研究者が、西側の倫理とはかけ離れたその本質を描き出す。

760
素顔の西郷隆盛
磯田道史

今から百五十年前、この国のかたちを一変させた西郷隆盛とは、いったい何者か。後代の神格化を離れて「大西郷」の素顔を活写、その意外な人間像と維新史を浮き彫りにする。

ⓈS新潮新書

793
国家と教養
藤原正彦

教養の歴史を概観し、その効用と限界を明らかにしつつ、数学者らしい独自の視点で「現代に相応しい教養」のあり方を提言する。大ベストセラー『国家の品格』著者による独創的文化論。

799
もっと言ってはいけない
橘　玲

「日本人の3分の1は日本語が読めない」「人種と知能の相関」「幸福を感じられない訳」……人気作家が明かす、残酷な人間社会のタブー。あのベストセラーがパワーアップして帰還！

800
「承認欲求」の呪縛
太田　肇

SNSでは「いいね！」を渇望し、仕事では「がんばらねば」と力み、心身を蝕《むしば》む人がいる。悪因と化す承認欲求を第一人者が徹底解剖し、人間関係や成果を向上させる画期的方法を示す。

809
パスタぎらい
ヤマザキマリ

イタリアに暮らし始めて三十五年。世界にはもっと美味しいものがある！　フィレンツェの貧乏料理、臨終ポルチーニ、冷めたナポリタン、おにぎりの温もり……胃袋の記憶を綴るエッセイ。

810
誰の味方でもありません
古市憲寿

いつの時代も結局見た目が9割だし、血のつながりで家族を愛せるわけじゃない。〝目から鱗〟の指摘から独自のライフハックまで、多方面で活躍する著者が独自の視点を提示する。

新潮新書

848 ひとの住処 1964-2020 隈研吾

1964年、丹下健三の国立競技場に憧れ、建築家を志す。バブル崩壊後の10年間、地方各地を巡る中で出会ったのは、工業化社会の後に来る次なる建築だった。そして2020年——。

850 210日ぶりに帰ってきた奇跡のネコ ペット探偵の奮闘記 藤原博史

「おかえり!」ペット専門の探偵は、家族再会のドラマを目撃した。実話7つを紹介、生き物を愛する全ての人に役立つ「万が一のための備え」と「捜索ノウハウ」も明かす奮闘記。

851 カズのまま死にたい 三浦知良

「現役をやめるのは死ぬとき、かも」。13年ぶりにJ1の舞台へ——。プロサッカー選手生活35年目に突入、今日をせいいっぱい生きる「キング・カズ」の、終わりなき前進の軌跡。

857 昭和史の本質 良心と偽善のあいだ 保阪正康

ファシズム、敗戦、戦後民主主義……昭和はいったい何を間違えたのか。近現代の名文を手掛かりに多彩な史実をひもとき、過去から未来へと連鎖する歴史の本質を探りだす。

859 「関ヶ原」の決算書 山本博文

天下分け目の大いくさ、東西両軍で動いた金は総額いくら? ホントは誰が得をして、誰が損をしたのか? 『「忠臣蔵」の決算書』に続き、日本史上の大転換点をお金の面から深掘り!